小暴力

陳慧

創作意念來自楊德昌導演電影《恐怖分子》（1986）。
人物及事件皆屬虛構。

推薦序

驀然回首，當中卻有暴力風景

沐羽（小說家）

某次跟木馬編輯部聚餐時，編輯們剛剛出版了陳慧《拾香紀．焚香紀》，大家興高采烈討論最喜歡哪個人物，是連城宋雲，還是大有相逢三多四海。那是一個停下手中碗筷，講述「我喜歡這個人物是因為……」的認真局面。那時不禁想到，成功勾勒出一整個家族人物的感覺原來如此。我大概是選連城吧，我喜歡那種一錘定音地開創局面，卻又陷入魔幻寫實式的遲暮當中，這總讓我想到《百年孤寂》裡邦迪亞上校關在工作坊裡製作與銷毀小金魚的孤獨晚年。

不過在我的印象裡，這些討論大部分都圍繞著《拾香紀》，因為那抹輕盈的夢幻質地在抵達《焚香紀》後都煙消雲散了。兩部小說坐落的時空相隔才不到廿年，已是人事全非，像重物墜地後揚起的煙塵。而陳慧最新作《小暴力》裡的周郁芬也遭遇了類似的狀況：「從前熟悉的店已不復見，一街的珠寶精品與藥房，無端生出走在陌生城市的錯覺，卻發現咖啡店仍在，就有種老朋友在守候著的感覺，心裡歡喜，繼續光顧。只是店長告訴她，當初熬過疫情，街上回復熱鬧，可是房東一逕在加租，咖啡店只得搬走。這店址換了好幾檔經營者，都是匆匆結業，店址一直丟空，最後房東重新租給咖啡店。周郁芬想，啊，看著**明明仍是原來的店，當中卻是有這樣的曲折**。」寫實得有種切膚之痛了。

還有另外一個曲折：在與木馬編輯部聚餐前後的那段日子，有天與陳慧在台北飛地書店外抽煙聊天，她說正在寫一部連載小說。小說啟發自楊德昌《恐怖分子》，內容包括但不限於婚姻危機、小說瓶頸、論文抄襲風波、臥底警察、黑社會、同志議題、香港抗爭、疫情隔離……那時我坐在那邊聽，聽不出一條能順利歸納起來的主要敘事線，心想大佬這得怎樣寫，這麼複雜。

所謂「複雜」的意思簡單說來，可以理解成一條長長的線，過往的人們認為只要把線拆開成一節一節再研究細部，最後相加起來就能理解整體。然而複雜的事物並非這樣，我們必須要將連貫的整體放在一起檢視才有辦法理解全貌。哲學家洛克（John Locke）說：「一些思想是由簡單的思想組合而成，我稱此為複雜：比如美、感恩、人、軍隊、宇宙等。」複雜是將東西加起來後，比相加總和還要大，一加一大於二，婚姻加臥底加香港加疫情……就是抵達到你手上的這本《小暴力》。

複雜的文本沒有辦法拆成獨立的細節單一理解，我們可以逐格逐格，一節一節地跟隨它的旅程，由開始駛到終點。《小暴力》就是這樣的一趟火車旅程，它的結構要求我們連續打開。我們翻過幾頁讀到目錄時就能馬上瞭然了：第一章〈小顧與大順〉接著的是〈大順與安安〉，接下來是〈安安與小顧〉，小顧接上洪啟瑞接上洪安安接上周郁芬接上李立中。可以想像成一列火車上的窗戶，風景被一整排方格仔細切分，我們沿著車廂散步看向外面的，是被精選安排過的風景。一幅頂真的風景畫，這是這部小說架設鏡頭動線的形式。

形式固定了《小暴力》的合理性，也是我們能夠遊走在諸多議題卻不致迷途的機關裝置。我們沉浸在小說的零件運作當中，風景如若鐵軌那樣引導及糾正我們，還有這個，還有那個。穩定持續的節奏是這部小說最精巧的說服技術。可以說，形式是已經發生了的事情，而情節是正在發生的事情。我們在報名參加這趟旅程時不禁像孩子般頻頻問道：到底發生了什麼事情？接下來會發生什麼事情？而小說會悠悠指著窗戶：再等一下你就知道了。

讓我們像那些西方理論那樣把玩一下複雜的詞源，快速地進出一下歷史變化：複雜（Complexity）一詞可以追溯到它的拉丁詞根 Plectere，意思是編織與纏繞，這些彎折兜轉的東西糾結交錯在一起時，解構拆卸無法讓我們看到全貌。關於編織與纏繞可以帶領我們進入另一條常見的語言學時光隧道：網絡（textum）讓羅蘭・巴特連接到織物（tissu）與編織（tresse），最後抵達了我們常見的文本（texte）。

《小暴力》帶領我們隨著人物移動視線，從一個人物手上交到另一個人物手上，文本的織物比喻就這樣獲得了它的合理性：這幅刺繡越來越奢華，人物的過去與未來隨著陳慧手起針落，在現在扎根得越來越穩。當細節準備妥當──剛好是小說對半打開的第十五到十八章──火車在低迴的一個彎道累積了足夠的動能，就呼嘯衝刺到終點站。它收集起累積起來的風景細節，能夠順暢地持續加速。

而我們在體驗這趟敘事之旅後，無法像聚餐那時說出最喜歡哪個角色，小顧也好，大順也罷，安安或夏木或周郁芬李立中夫婦，他們並不伸手要求讀者的喜愛。每個角色都拖行著至少幾格窗景的可厭陰影，而可厭又隨著風景的加速堆疊變形為同情。順序頂真展開的故事說服了我們，這個虛構的故事就像一片被張力拉扯的織布，身不由己與把握命運，都讓人不禁扼腕歎息。問題不再是你最喜歡誰，而是你最同情誰。進一步所問的是，誰所承受的只是小小的暴力？

班雅明在《說故事的人》裡寫道，經典的故事總是圍繞著死亡而築成，在生命的結束後我們得以思考一個人物的畢生形狀。它是從後而前，縱觀全局的。《小暴力》圍繞著暴力而築成，在暴力的展開後我們遲來地理解到角色所經歷的究竟是如何的一生。而暴力總是穿梭滲透著整個故事，隨著順序與加速而越發厚重。就如一場旅行不能解構為景點與交通的相加，說述《小暴力》的方法也無法用一個角色遭逢的故事來指認說：「這就是《小暴力》的主線故事。」無法如此，最輕便的方法只能說它啟發自《恐怖分子》，但我們都知道這個說辭過於輕易，只能成為一個單純的定位裝置，而且過於聚焦在婚姻故事。

假若我們真的跳躍著讀《小暴力》，也許就會陷入周郁芬的困境：從前熟悉的情節已不復見，無端生出走在陌生小說的錯覺，卻發現人物仍在，就有種老朋友在守候著的感覺。可是原來已經兜轉一輪，故事一路接續回到原點時，看著明明仍是原來的角色，當中卻是有這樣的曲折。頂真的奧妙在於一氣呵成，無法跳接斷裂。小顧開場時臥底跟監，最後為什麼會來到這裡？大順陷入溫柔香窩後沉落到底，還可以沉得多深多暗？

於是最後我們回到起點，究竟我們應該打包什麼行李展開這趟旅程（我努力地維持著不劇透的方法寫完文章，勉強煞停在暴風裡把底牌結構全部掀開的衝動），應該怎麼回到陳慧縫上敘事線第一針的地方？那一切都在於鏡頭的推移，在於人物與人物傳遞接力棒的地方，在於風景開始重疊增加景深的地方。我們要去看《小暴力》怎麼寫的姿勢，才能摸索到它說什麼的輪廓。它所說的，是經歷暴力後獲得救贖的故事，而這必須是從後而前縱觀全局才能知道的事。另外一件事是：所有事情在起點時已經鋪好軌道了，只等待你來參與它的加速。

推薦序

暴力與自由的賦格：序陳慧《小暴力》

楊佳嫻（作家）

一個人在最傷痛的時候
才會變成鳥兒
或者一隻
或者幾隻。

——淮遠〈保證〉

什麼是暴力？

查閱《教育部重編國語辭典修訂本》，「暴力」指「激烈而強制的力量」；而《家庭暴力防治法》則解釋，「暴力」乃「身體、精神或經濟上之騷擾、控制、脅迫或其他不法侵害之行為」。根據以上，暴力具有強制侵害性質，且不單傷害身體，還包含抽象、生活等層面。

那麼，暴力有沒有大小之分？根據什麼來區別？參與人數？發動者的位置？影響的規模？由個人來施為是小，由國家發動是大嗎？或者，暴力就是暴力，看似微小，也可能積累為大，而大規模的暴力，又往往落實在許多微小的惡行上？

陳慧最新小說《小暴力》，主要通過小顧、白大順、洪安安、洪啟瑞、周郁芬、李立中、夏木、金理高這八個人物，講述暴力的流動，從上一代到下一代，從職場、歡場到家庭，遮蓋於親子關係或黑暗房間，而街頭上，陌生人之間，看似暴力的作為卻反而蘊含著愛——暴力的反面，就是愛嗎？我們要怎麼分辨呢？——有些暴力，會以愛之名加諸於你我；有些愛，卻不得不以暴力型態現身。

小說裡的幾個年輕人，各自有來處與身分，卻未必按照搭好的框架來生長。小顧考上台大，本可以成為普通意義下的有為青年，卻跑來讀警專，從基層警察當起，默默在日常勤務之外進行隱密的正義；白大順是黑幫領袖白龍的兒子，洪安安是政壇有力人士洪啟瑞的兒子，兩人卻有一雙早熟之眼，思索著如何從現實突圍；從香港跑到台灣、自稱叫夏木的青年，黑衣遮蓋著受過的外傷與內傷。

而小說裡已經在險惡紅塵中打滾經年的大人們，多半糾纏於名利欲望，期望能控制更多人與事。李立中想當系主任，金理高勤於服務為了尋求認同，洪啟瑞不惜拿兒子當工具為了能更好地運用妻子娘家的政治資源，好讓他在產業界與政界上下其手。唯一的重要女性角色周郁芬，還保有清明之心，從利己的大人世界中走出來，和那幾個年輕人走在一起。她本來是夏木的母親，後來，她把洪安安也納入羽翼，甚至，願意做一個聯繫者，傳遞者，行動者，因為黑衣夏木的張皇和疼痛，喚起她想起昔日的香港，走入今日的香港。

表面上，《小暴力》似乎講的是年輕人怎樣對抗父親，女人怎樣對抗男人，基層怎樣對抗體制。難道陳慧想回應現代文學裡「救救孩子」（甚至是女性解放、讓下屬說話）的呼聲？不，陳慧願意讓受壓迫者擁有更高的動能，讀者將發現，孩子知道自救，女人可以出走，基層也有他游擊、滲透的策略。看似對抗的兩個世界，其實只是一個世界，端視你看到的是哪一種價值。洪啟瑞擁有的只是工具理性，所以不把人當人看，連兒子也不放過，李友中和金理高過得不快樂，起碼還有一點人性的軟弱。周郁芬呢，她曾失望地從香港出走，離開愛人與兒子，在台灣她坐進婚姻的艙內，狹小然而安穩，然後她再度出走，獲得了久違的自由。在新的自由裡，周郁芬知道她不單單為了夏木，而是為了夏木「們」，受侮辱與受損害者們，同情共感，甚至共軛，「人人為我，我為人人」，她說這是文學高揚過的騎士精神，「老派的態度，但並沒有過時」。

回到「暴力」的定義，強制性是核心，也因此和「自由」對立。受暴力控制久了，內化了，竟以之為合理；不能改善處境，竟宣洩在更弱小的人身上。暴力會轉嫁，卻不是必然。也有人拼命想逃出暴力的輪迴，連結其他受到暴力擠壓的人。

《小暴力》密碼之一，開頭已有提示，靈感來自楊德昌《恐怖分子》。熟知這部經典電影的讀者，想必早就發現了小說角色命名和人際關係，和電影有其相類，故事卻是新創。已移居台灣幾年的陳慧，也對此地荒謬時事不能無感，每逢選舉必然浮現的論文抄襲爭議、所謂產學合作實則畫大餅分權力，也成為《小暴力》塑造人物事件的材料。過去提到陳慧，很容易歸入「香港文學」，不過，《小暴力》在台灣寫作，超過八成的故事場景在台灣，香港和它發生的事，成為隱微的心事、未來的基礎，可以說，這是一部擁有香港關懷的台灣文學。地域的標誌對文學並非毫無意義，是寫作者移地再煉的手藝。

最後想指出，「文學」在本書中是「自由」的另一種形式。洪安安，因為在廁所牆壁寫詩，才會與白大順相識。活在家庭暴力中，是無盡的閱讀與寫字讓他的心靈有逃脫去處，即使如《宋詞選》這樣看似「無用」的書籍，即使不一定看得懂，在抄寫中，「逐字搬到白紙上，胸臆間難以言喻的哀傷竟似有了出口」，於是他至少懂了另一個層次，方塊字「單一存在，意義不大，但只要通過組合、連結，就能被賦予無盡意義」。周郁芬再次出走，也受文學意外的流傳而驅動。

在這個絕地求生的台灣故事裡，「香港」和「文學」是兩條隱伏泉脈，它們自傷痛和回憶裡湧現，成為打開《小暴力》的另外兩個密碼。因此，淮遠〈保證〉裡的提問：「有什麼使牠們／飛得這麼漂亮？」才能有這樣的回答——

不是翅膀
翅膀從不能成為一種力量
只有痛苦和哀傷
是牠們能夠永遠自由自在地飛翔
的保證。

目錄

一：小顧與大順

1.

車子還沒開到山腰，就被濃霧團團圍住，又緩緩在彎曲車道上走了十多分鐘，只見前車停了下來，於是小顧也靠在路肩關掉引擎。副座上的學長在車停下來時張開了眼，擋風玻璃外一片黑暗，他又徐徐閉上雙目。

小顧看後視鏡，隊裡的另外兩部小房車，也隨後魚貫停在一旁。

學長忽然跟小顧說，你也小睡一下，說好過了半夜才會行動。所以學長並沒有睡著。小顧答應了，轉頭打量學長，局裡的人都說他長得像學長，派他們去臥底，大家都相信是兩兄弟無疑。學長今年四十八歲，小顧想，我二十年後就是長這樣子嗎？有事無事閉目養神？

小顧從來不會在工作時間裡睡著，打瞌睡也沒有，就算蹲點跟監超過二十四小時，他依然什麼都不放過。他不要錯過。

周遭安靜，連帶人的呼吸、動作都放輕了，近乎肅穆。這是小顧的「償還時刻」。各人的「償還時刻」都有所不同，學長就是結案後熱炒店的鬧哄哄。最早讓小顧明瞭「償還時刻」的人，是他的爸爸。小顧媽媽很兇，禁止過胖的爸爸喝手搖飲，有一天，小顧去買美勞用品，從文具店走出來，就看見爸爸在對街，一邊走一邊啜飲著一杯外帶珍奶。當時小顧眼中的爸爸，是他從沒見過的，快樂、輕盈，就像電影裡的慢鏡頭，臉上的微笑都被放大拉長了，不再稍瞬即逝。爸爸也看見了小顧，他在家門前等著，小聲地要小顧為爸爸保守「償還時刻」的祕密，說這是生命償還給他的，令他經歷的委屈、辛勞、困頓與付出，都成為值得。小顧似懂非懂，只覺得「償還時刻」這四字必定跟嚴肅莊重的事情有關，也忘了後來有沒有為了跟媽媽要玩具而揭發了爸爸的祕密。直至小顧當了警察，進行了第一次的蹲點跟監之後，終於明白了「償還時刻」。

2.

小顧要當警察，並沒有什麼懸念，最早的時候，就是港產警匪片看多了。爸爸生性樂觀，說，總比要當黑幫好。於是小顧從小遇上作文題目「我的志願」，就必定是寫

「警察」；不止是有目標，而且很清晰，他要當「不用穿制服的警察」。

小顧不算用功，不過從初中到高中，成績總能在全級的前二、三十名內，學測成績申請台大經濟系也被錄取了，最後小顧卻是去念警專。這事情令小顧的爸媽和身邊的朋友很困惑，爸爸問，為什麼是警專不是警大？小顧說，警專念兩年，警大要四年。爸爸說，那就是說警大裡學到的東西比較多啊。小顧回答，我工作經驗會比警大畢業的多兩年。之後爸媽說什麼，小顧都不再回應。當時甚至有同學在社交平台發文，向大家詢問小顧的選擇是否明智，頗引了一陣熱議。

那大概也是小顧有生以來最被關注與談論的時刻。

開學第一天，就有教官問小顧，你就是那個本來可以去念台大經濟系的？小顧點頭，掩不住有點得意。教官續問，你家裡很窮？小顧有點錯愕，忙說不是，教官繼續問，所以只是急著想要賺錢？語氣是疑問，卻是有結論的，小顧不知如何回應，就有些怔住。教官竟訕笑小顧，說原來是真的笨。後來發現，跟高中其實沒兩樣，教官對小顧的態度，是會影響到同學的。小顧在警專兩年，沒交到朋友。小顧沒所謂，反正將來大家會被派去不同的駐點。

小顧念的是「刑事警察科」，兩年後通過內軌特考，他的成績接近滿分，成為一線三星、二十四小時輪值的基層四等警察。未來確定是有機會甄選到刑事偵查小隊的，重點是，他現在必須要穿制服。還有就是，在警專兩年，他早習慣了清晨六點前起床，晚上十點躺平就寢，作息一直沒調過來，於是就總是給人他老是一張臭臉的感覺，大家對小顧的評價是，不討喜。

幸好所長喜歡小顧。所長是這樣說的，小顧好，小顧沉默。小顧也不明白自己如何成了一個沉默的人，不過有人喜愛就好。所長知道小顧想當刑警，就說他的性情特別適合，叫他去考警大二技警專推甄。小顧不禁想起爸爸當年問他為什麼是警專不是警大。但現在提出的是所長，就好像有些他從前搞不懂的道理。小顧問，多花兩年耶，值得嗎？只是少了加班費，在裡面專心念書，多學一些你還不知道的，蠻不錯。最後小顧的入學成績是，國文七十八分，英文八十分，刑法九十分，刑事訴訟法八十八分，犯罪偵查學九十三分，總分四百二十九分，名次第一。

那時候不喜歡小顧的人會這樣形容他，「一副在廁所門外排隊等很久的神情」，小顧想，我確是著急的，我一直在等著。

所長早安排好了，小顧未來隸屬的分隊，隊長是跟所長同期的，就是這樣。一如他在警大遇見的很多同學，老早就由警隊中的父兄叔伯代為安插位置。這兩年裡，小顧調整了睡眠習慣，又結交了一些未來會一起工作的人。兩年之後，小顧終於成為不用穿制服的警察。

所長的同期駐中山區，小顧喜歡這熱鬧的轄區，事情多，也就是說，立功的機會也多。小顧剛到隊裡的第三天，就要駐點監視。白龍幫的二把手要潛逃，他的女友在林森北路一〇七巷的酒店上班，那二把手就在長安東路一段上買了房子給她。小顧受命把車停在樓下對面拐角處，獨自監視。一天一夜，什麼動靜也沒有，也沒人理小顧。小顧知道是隊裡的人要測試他。到了第二日深夜，來了一部小客車，停在大樓外，小顧通報，大家沒反應。二十分鐘後，大樓走出了一男一女，原來二把手一直躲在女友家裡。小顧生平第一次，在舌底嚐到了腎上腺素淡淡的苦味，毫不猶疑將車從拐角處開出朝對線直駛，剷上人行道，將正要上車的二把手撞倒。

小顧一直記得那兩天獨自在車內守候的光景，只有如此枯燥冷寂，才足以映照出之後的精采與輝煌。這並非單純的靜候，關鍵在於將要到來的那一場未可知的爆發。就是這樣，蹲點監視成為小顧的「償還時光」。

3.

後來證實最早到二把手女友家搜查的探員，跟二把手一直有來往，他自辯說是一直想親自抓到二把手。大家就說，他無采工、歹運。小顧想，是收了賄吧。小顧無從證實，也沒有得到嘉獎，日子就這樣過去。

只要仍有眼前如此的寧謐，一切都是值得的。午夜一點，身旁的學長呼出了低低的鼾聲，忽然有紅光藍光在山下閃爍移動，轉眼不見，然後又出現，是拐彎上山來了，一共四輛，都沒有響警號。小顧叫醒了學長，學長打給副大隊長。今晚不簡單，主理的是偵查第六隊，但他們沒派多少人，卻從第五隊借調了他和學長，一同上山的三輛車，也分屬不同的偵查隊，是要動員很多人，但又不要走漏風聲的意思。小顧舌底又嚐到熟悉的鐵鏽般苦澀味。

四輛警車魚貫經過偵查隊的車旁，分屬不同偵查隊的四部車也緊隨在後登山。又拐了好幾個髮夾彎，終於看見了大宅。重霧中的大宅外，停了好幾部名車，眾人將車停截在名車後。學長的電話響起，是副大隊長，學長唯唯諾諾，掛斷後，取出了佩槍，放在前座的儲物小櫃內，吩咐小顧也這樣做。小顧愕然。

一眾輕手輕腳下車，山上寒意磣人，走在前面的刑警拉緊了外套，小顧看見他腰際的槍套是空的。

制服員警負責前鋒，小顧更不明白了，暗黑中他瞥了一下其他偵查隊的學長們，看得出來大家都有些疑惑，只是很快鎮靜下來，好像都清楚知道自己的位置任務似的。

員警進到房子裡，未幾就從房子裡傳出了哭喊和尖叫，小顧正要衝進去，卻被學長拉住。眼前景象倏地令小顧矇了，只見十多個赤條條的男女從房子裡衝出來。

這些男女不難看出來都是茫了，偵查隊員一手抓一個，麻鷹捕小雞。

其中一個有穿衣服的，特別兇，小顧上前給他一腳，倒地了仍要爬起打人，嘴裡嚷道，我是大順，你們抓我就好，跟我的朋友無關，這房子是我的，藥也是我的……。小顧知道他，白龍的兒子，巡查時曾經在「最後一站」看見過他，乍看會以為是大學生，平日有練籃球的那一種。

陳琴，《小暴力》
1、小欲的大順.

二：大順與安安

1. 大順初見安安，是在「最後一站」。大順如常待在最裡面的卡座，白色粉末全倒在桌上，有人湊前來，大順就退開一點，讓對方吸一口。好東西就是要分享。大順沒所謂好感反感，他覺得人總得要有些習慣和癖好，才能被人分辨得出來，不致於成了紙板立人似的存在。人來人往，大順漸漸生出了厭煩，推開眾人站起，只是也不知道要往哪裡去，就上廁所。推開門，一個男生在面壁，大順也沒理會，朝尿兜走去，卻聽見身後傳來了銼子在刮清水牆的聲音。大順一驚，轉身箭步上前揪住男生衣領，看清楚了，原來男生正用原子筆在牆上寫字。

男生像國中生，要說是高中生，大概也只是剛升高一，比大順足足矮了一個頭，手上原子筆的筆尖沾滿牆灰，恐怕再也無法在紙上寫出字來了，卻已在牆上留下三行筆跡歪斜的字：

我是愛情毒蟲
癮起時打零工
沒有最低工

男生抬頭睥睨著大順，有什麼好緊張的意思。大順想，這眼真是小。小卻黑溜溜，堅核一樣，有光澤，似小動物般無邪……。別給騙了，長大必成兇猛的獸。目光卻無法移開。大順問，為什麼盯著我看？安安說，你好看。大順放開男生衣領，別過臉去看牆上的字，問，你知道毒蟲是什麼嗎？

男生又瞅了大順一眼，仍埋頭使勁寫字，「工」之後的字是「資」。大順想的沒錯。銼子刮硬物的聲音令大順頭皮發麻，忍不住把他拉開，喂，你別再在這邊亂劃了……男生卻是死命抵著牆壁非要繼續寫字不可，最後變成是大順把他攔腰抱住。

店員此時推門進來，怔了一下訕訕道，順哥，你的朋友說要掛帳。

大順咆哮，我不是說過誰都不可以掛帳嗎……？邊說邊開門往外走，拉門的力道太大，回彈撞得砰砰響，男生好像被嚇一大跳，大順來不及回頭看，門已重重閤上。

處理了要掛帳的人後，廁所裡當然已不見男生影踪。大順問店員男生以前有沒有來過？店員說，應該是第一次來，跟二號房的人一夥，據說都是一票老爸在當官的。大順心情明顯變差，說，來這裡玩的，誰家裡沒個所長處長院長部長立法委員的？店員沒再搭腔，靜靜召來司機送大順回家。

第二天，大順睜眼，就想起清水牆上的字。第四行沒看清楚。大順到店裡去的時候，距開店還有大半天，顧店的人都嚇一跳，以為出了事，卻只見大順逕直走去廁所，出來的時候一臉茫然。

寫在廁所牆上的字已被店員清理掉，只隱約四道劃過字的痕跡，就像最近新聞剪影裡香港街頭被處理掉的塗鴉。

大順好想知道最後一行寫了什麼。

從此大順天天到店，只是始終沒再見過在廁所牆上寫字的男生。

風聲漸緊，「最後一站」改成修甲店，暫時撥到爸爸的小老婆名下。

在廁所牆上寫字的男生，彷彿只是大順嗨了之後的幻覺。

2.

有一天，大順心血來潮，叫司機把車往山上開。大順記得山麓有一間私立中學。汽車經過校園的時候，大順並沒有叫司機停下來，車一直往前開。上山的路寂然，只緋色櫻花在落瓣，天空灰灰的，風很大。大順也不知道自己在幹啥，漸漸就有些惆悵，叫司機折回，卻在下山路上，看見男生在校園路旁候車。

大順按下車窗，男生沒掩飾，興奮得有點過態。大順一臉不耐煩，心情卻是舒暢的。

男生叫洪安安，爸爸果然是當官的，行政院屬下國家級委員會的主任委員。大順說，我爸爸在坐牢。然後說了那個人人都知道的名字。洪安安霎時雙眼放光，興奮激動得使勁拍打大順的手臂，像玩賓果遊戲中了獎一樣，雀躍說我就知道我要跟你在一起。

大順想，什麼邏輯？你三太子嗎？

大順將安安帶去房子。房子是大順爸爸蓋的，坐牢前移到大順名下。兩層高，合共一百坪，孤伶伶擱在半山腰，蜿蜒路的盡頭。台北下雨的日子，此地鎮日埋在霧裡，在山下完全看不見房子，適合遁世，或，放蕩。

安安入內看見一室赤裸男女，臉色大變，轉身就跑。大順攪不清楚安安是害怕還是生氣，錯愕緊追在後。安安一直跑一直跑，大順覺得快要斷氣，拐彎就看見累極的安安大字攤倒在路中央，急忙上前將安安拉到路旁，黑暗中就有機車呼嘯而過，大順認得是朋友，要往房子駛去。安安一驚，冷靜下來。此時二人發現，到山下和回去房子，腳程同樣遙遠。

大順的手機遺留在房子裡，安安的手機沒電，剪刀石頭布，安安決定往山下走，大順乖乖跟著。

來到山下小吃攤時，二人已交換了一切個資。安安還差半年才滿十七歲，大順足足比他大七年，安安說，沒覺得你懂的比我多。二人同住大安區，同屬雙魚座，第一次同樣是跟年紀很大的人。

兩個人吃了三盤滷肉，喝了九支啤酒，大順沒想過安安的酒量比自己好。

安安覺冷，伸手插進大順外衣的口袋，卻掏出一包白色粉末。安安若無其事，你藥頭喔？大順搖頭，說，我身上總有帶著就是了。安安說，我從未嗨過。大順問，為什麼？安安說，我不需要，我有其他更好玩的，比如，詩。大順哈哈大笑，就是你寫在廁所牆上的？

大順忽然想起，認真問，第四行字寫的是什麼？

安安沾了啤酒瓶上的水珠，在大順的手心逐字寫出來：只－求－身－後－有－人。

大順說，你真色。安安眨著黑溜溜的眼珠，問，所以呢？你怕？

夜很深，大順問安安，你不回家沒關係嗎？安安聳一下肩。

安安喜歡人家在身後抱著他，果然是只求身後有人，湯匙式。然後大順就看見安安背上的笞痕，大順忍不住問，你爸不是只有你一個兒子嗎？安安說，他嫌我醜。大順詫異，捧著安安的臉在親。

安安語氣平靜，因為我的媽媽長得很漂亮，爸爸就覺得，要不是媽媽整容，就是她跟長得醜的男人外遇才生下我。那你媽怎麼說？安安打著呵欠說，我來不及問啊，她喝了酒，開了爸的跑車去撞山。

大順想說些什麼，最後只嘀咕了一句，神經病。然後發現安安已睡著，寧靜美麗的小獸。

這一夜大順睡得很酣，沒吃藥沒嗨。

3.

安安盤腿坐在沙發前的純白羊毛地氈上，瞅著大廳另一端，天花板上吊著一盞直徑兩米的水晶燈，光度調到最暗，偌大空間內再無其他照明，燈下都是半睡半嗨的男女，橫陳地板，赤條條肉體恍如被抹上一層薄薄黃油。安安輕聲說，待會通通放進烤箱。沒情緒，像廚子吩咐下手接著進行的工序。大順知道安安不是害怕，也不是生氣，他只是不喜歡。大順就是愛安安這種沒邏輯又帶著戲謔惡意的語調。

大順在沙發上側身托頭半躺著，人清醒得很，仍是整齊衣著。安安說，外公有一尊佛涅槃，就是你這姿態。大順不知道什麼佛涅槃，只顧看著安安掏出薄刃小刀，將置於几上玻璃鏡片的白色粉末，切分成一行一行。像一場職人的表演。安安分了又分，分了又分，良久，大順湊上前去看，就看見安安以小刀撥弄鏡片上的粉末堆成方塊字。大順說，你在寫詩喔。安安一本正經，你給我的要是不夠，就只能認字，寫不出詩了。大順問，要寫多長？安安想了一下，十四行吧。大順吻了安安，說，你爸把你送去美國前，我要把這首詩吸完。說完扭頭就把几上「白日自焚黑夜降臨」八個白色方塊字吸進鼻腔裡。

大順等著茫的時候，就有些怔怔的，說，你去了美國之後，我想我會去香港。安安知道大順一直想去香港，那是他出生和度過童年的地方。大順是五歲之後才被接回台灣，以後每年都會去香港兩、三次探望媽媽，除了去年。大順說，我在那裡可以一天吃六餐，我每吃一餐就跟你報告一次，我會將每種食物的烹調方法、賣相、味道都一一向你詳細描述，你聽了，會想挖牆腳從關你的牢裡逃出來。安安知道大順說到做到，他不止懂得吃，而且會做菜，還有就是，他很會說故事。未來太難受了，安安忍不住呻吟了一下，大順把他整個人自地上抱起，翻身壓住，安安轉過來咬他的肩。兩頭玩耍的熊。

窗外無聲迴旋著閃爍的紅藍燈號，像奇異的節日燈飾。一屋小獸被擒，就是這樣。

陳蕙《小暴力》
2、大順與安安
2023

三：安安與小顧

1\. 警察衝進房子裡的時候，安安遠遠看著水晶燈下的男女，心想，噢，你們今晚死定了……。事不關己似的，及至大順反應過來，拉起他往外跑，他才生出恐懼。房子外很冷，安安只想回到恆溫的室內，但回不去了，他沒命似的與大順一起朝車子奔去，經過那些尖叫哭號的赤裸男女，還有與他們拉扯的員警們。他跟大順說，你看，還未說出「真像波希的三聯畫」，大順已被其中一個便衣警察撲倒在地。大順厲聲罵他們，手腳並用拒絕被抓住，然後其中一個朝大順的腹部踢了一腳，大順痛得蜷縮。安安看著難過。

一個員警走到安安身邊拍他肩膊，叫了一聲弟弟，安安轉身就朝他腳背使勁踩下去。員警痛極大叫，安安再朝他膝蓋下五吋踢過去，寶叔之前教過他的，員警忍不住彎下腰，安安瞄準他下陰再補一腳。其他人蜂湧衝過來，安安也得到了大順的相同待遇。

安安給壓在地上，他扭動著身軀，又吃了幾拳，終於能朝向同樣被壓在地上的大順，二人對視，安安想，拜託你什麼也別說。大順卻在此時向他大喊，你別怕，我會殺了他們。安安閉上眼。

安安被人從地上拉起，拖行、上車，一直都是閉著眼。車門關上，車內寧靜。安安張開眼，車廂內只他一個，也沒人給他上手銬，他看著車外的一片混亂，心想是不是可以溜下車躲在一角，俟所有人離開後獨自下山。

但安安想跟大順在一起。

安安在車裡待了好久，差不多快要睡著，有人打開車門，要看他的身分證，看完就朝其他人喊，他在這裡。

來了一個年紀跟安安他爸差不多的，叫安安跟他走。他們來到了另一部汽車旁，車門打開，安安看見了大順倒在後座，一臉是血，一動不動，被那男人一手拉出來丟在地上，然後叫安安上車。男人對坐在司機位上叫小顧的刑警說，待會傳地址給你，你先開車。

汽車開動，小顧跟安安說，你坐好，扣好安全帶。安安沒理他，一直轉身扭頭看地上的大順，車子下坡，安安不再看見大順。忽然汽車一下急煞，安安一頭撞在車門上，他幾乎以為小顧是故意的，小顧卻沒理他，在打電話。小顧跟電話那頭的人說，這地址，不是應該歸第八隊的嗎？很明顯，電話那頭的人沒理這小顧，小顧一直在喂喂喂。小顧轉頭向安安說了一個地址，問，這是哪裡，你知道嗎？安安說，我當然知道，我家呀。

小顧下車來把安安押到前座，掏出手銬扣住安安右手腕，另一頭扣在車扶把上，然後俐落地重新上車開車，朝山下開去。

2.

安安打量小顧，想，這小顧有意思。安安問小顧，噯，你在生氣嗎？小顧冷臉沒搭理。安安又說，我爸吩咐你把我帶回家？

小顧慢條斯理將車停下，四野無人，他下車繞到另一邊，打開車門，解了安安的手銬，抓住安安的頭髮把安安從車廂拉出。安安踉蹌站定，就見小顧朝他掄起拳頭，不過那拳頭半路煞住了，安安還未回過神來，小顧一個巴掌把他打得摔倒在地。

安安站好，想用寶叔日常教他的招，還沒起腳，就被小顧踹在地上。小顧居高臨下，說，這是公務，別跟我說你爸的事情，我不鳥他是誰。安安躺在地上，口鼻刺痛，瞪著天上繁星，竟放聲大笑，小顧愕然。

安安爬上前座，小顧取出消毒濕紙巾抹去安安口鼻上血跡。血跡太礙眼。消毒液沾到安安的傷口，安安雪雪呼痛，小顧動作放輕。安安說，哥，我冷。小顧想了一下，脫下身上外衣遞給安安。安安說，謝謝。

小顧把車開上國道，安安打了個呵欠，小顧說，你想睡就睡，到你家我叫醒你。安安說，人家開車我睡覺，太沒禮貌。小顧忍不住打量了安安，問，你幾歲？安安答，剛滿十七。小顧又問，你幹嘛要跟那一票人混在一起？安安吃吃笑，想把我爸迫瘋。再補充，我愛大順。小顧沒聽懂，誰？大順，白大順，你們以為是藥頭的那個。小顧沒再說話。

安安自言自語，深夜的國道像音樂錄影帶裡的場景。

良久，小顧忽然冒出一句，你給我踹倒在地上時為什麼還哈哈大笑？安安說，哥你有時差耶。小顧也忍不住笑了。安安說，因為看見天上的星星美得交關。小顧不解，交關？安安解釋，交關，非常、很的意思，廣東話。誰教你的？大順。小顧復歸沉默。

大概還有五分鐘就到達仁愛路，安安提出要求，哥，待會下車時，你給我上手銬可以嗎？

小顧不解，但找不到拒絕的理由。

汽車還沒來到大樓前，遠遠就見保安員在招手。保安員走到車旁，說，洪先生吩咐，車停這裡沒問題，他在樓上等著。安安下車，保安瞄了一眼安安腕上的手銬，別過臉去裝著沒看見，小顧多少明白了安安的用意。

電梯裡，小顧說，有時候我們會用外衣搭在手銬上。安安沒答理，自在如放學回家的孩子。

洪啟瑞站在門邊等著，像等孩子和家教。一眼看見手銬，臉上不快，稍瞬即逝。小顧掏出小鎖匙開手銬，洪啟瑞和顏悅色道，潘隊長跟我提過，小顧是認真的人，果然，我家孩子耽誤了你的工作，真的非常抱歉，改天一定要親自到局裡答謝。邊說邊把安安推進屋裡。

電梯來到一樓，門開，可是小顧沒走出來，不知道在沉思什麼。電梯門徐徐關上，小顧擋住，向保安員招手，說，不好意思，忘了有文件要洪先生簽署……。保安員也就幫忙開通按鈕讓小顧再上樓。

小顧靜靜站在洪宅門外，聽著安安的嚎叫，殺豬一樣。不出所料。小顧記起教官的話，我要是用工具修理你，那才叫霸凌。洪啟瑞用的應該是掛西裝的木衣架子。這豪宅一層一戶，沒人會聽到家暴的風聲。小顧按門鈴，大門那頭的洪啟瑞還在喘氣，誰？小顧不慌不忙，不好意思，我小顧，剛才忘了有些資料需要弟弟幫忙校正，方便開門嗎……？

3.

三天之後，洪啟瑞的答謝來到。小顧拆開信封的時候，一陣茫然，信封內是信義區五星級酒店的住宿券和酒店內日本餐廳的餐券，二者都無時限亦無價碼上限，券上的直線電話，打過去就能預約。信封內還有一張小便條，鋼筆字寫著「給盡責刑警的小小補償，祝與女友有甜美一夜」，下款只一個「洪」字。小心翼翼，卻傲慢且逾越。小顧一聲不響，將信封放進抽屜，繼續未完成的行動報告。

又過了幾天，學長來電，問小顧，你昨天不是休假嗎？為什麼沒約我妹妹去吃日本菜？小顧沉住氣，說，媽媽生病，所以回老家去了。之後學長有的沒的又說了一堆，小顧只是「嗯，嗯」，好不容易學長終於掛斷，小顧打開抽屜，取出信封，撕碎，丟進垃圾桶。

小顧是在警大認識學長的，小顧念警大二技，學長念刑事警察研究所。那時候研究所在辦犯罪偵查與鑑識科學研討會，學長本來負責徵稿事宜，但他正與學妹陷入熱戀，不知道是誰給他介紹了小顧，學長將工作全丟給小顧，小顧默默做好。研討會結束，學長與學妹無疾而終，也就是從那時候開始，學長會跟人家說，小顧是我的好朋友。

學長背景很強，爸爸、哥哥、叔叔都是警察，家裡已經有兩個小隊長一個所長一個分局副局長。有一次，學長叫小顧到他家裡去吃飯，小顧去到，才知道所有人都來了，面試一樣。回程車上，學長跟小顧說，我妹妹在念法律系，還沒有男朋友，我叫她跟你交往如何？小顧裝睡。又過了幾天，連假，小顧忽然接到陌生來電，原來是學長的妹妹，約小顧喝咖啡。

學長的妹妹長得好看，是小顧喜歡的。她跟小顧說，安排你到偵查第五隊的所長，跟我爸爸是同期，他們說你有一天會當上隊長。小顧不知道該說什麼。喝完咖啡後，小顧又跟她去看了電影吃了晚飯。送她回宿舍前，小顧問，我們約會的事情，可不可以先不要告訴學長？妹妹說，我家裡沒祕密，又說，他們什麼都知道。

他們什麼都知道。

〃小願〃

《小暑》了，《安安

四：小顧與洪啟瑞

1.

他們什麼都知道。因為事情都是他們在安排的，所以他們什麼都知道。可是我也有知道的。小顧打開手機照片其中一個取名「備忘」的相簿，當中有一張照片，是一個月前學弟傳給他的。照片傳來時，這學弟還不在小顧手機的聯絡人名單裡，小顧看著陌生號碼傳來的這一張照片，一度擔心是要發生什麼不好的事情。照片裡是小顧的女友，雖然只拍到她一半的臉，小顧一眼就認出來了，她倒在一個男的懷裡，笑容燦爛。學弟的說明後續才傳來，說是巡邏時無意中在酒吧的後巷看見，擔心小顧的女友喝醉了被人乘虛而入怎樣的……。小顧回學弟，謝謝關心，已經接到通知了，我會去接她。小顧知道她沒喝醉，那是她非常非常快樂才會流露的神情。

小顧將照片傳給學長，什麼也沒說，接著封鎖了學長和他妹妹。當然他打來局裡還是可以找到小顧，但要是他打來局裡，那就是公事了。

小顧也知道學長的爸爸會對兒女動手，就算在他們長大成人之後。他顧不了那麼多，他太氣了，而且學長爸爸一定不及洪啟瑞出手重。

在手機上做了一連串的操作後，小顧發現自己的氣消了不少，最重要的是，學長永遠不會知道，他真正不爽的是什麼。

你們什麼也知道，我也知道；除非你一動不動什麼都不做。

除非你什麼都不做。

小顧把車子停在洪宅大樓外的時候，其實還沒想清楚究竟想要幹什麼。大樓的保安員已經匆匆奔上來了，一看是小顧，就說，洪先生沒交代你要來呢，他出門了。小顧說，沒事，其他公務，不必打擾洪先生。保安員很認真，那就不方便讓你的車子停這邊了。小顧也不糾纏，爽快把車開走，保安員還朝他擺擺手道別。

小顧駕著汽車在洪宅所在的街區緩緩繞了三大圈，連紅綠燈的轉換時間都琢磨清楚，然後他繞到仁愛路的另一邊，車不多，他停在辦公大樓和住宅之間，超商門外，沒人理他。馬路中間的分隔道種滿了樹，還有公車站，是很好的掩護。雖然日照時間已是一天比一天長，但才六點天色已全暗下來。小顧下車到超商去買了吃喝的，回到車子上，盯著馬路另一邊洪宅所在的大樓入口，一如他素常進行的跟監工作。

小顧在手機開了新的檔案，取名「仁愛路」，記下1825 in、2040 out。洪啟瑞坐公務車回家，是要司機下車為他開門的。之後仍是西裝革履出門，不過沒有打領結，也不見公務車在等候，保安員為他召了計程車，小顧開車遠遠跟著。計程車沿著仁愛路直駛，然後，右轉，小顧笑了，計程車到了中山區。

電話響起，隊長找人，小顧說，在林森北路，跟朋友喝酒，朋友家裡出了點事情，要陪著他，今晚可以請個假嗎？

2.

洪啟瑞離開的時候，天下著雨，冷清落寞，酒店的小弟打著傘為他召計程車。在洪啟瑞離開之前，酒店所在的街角，一幢新建的大樓裡，陸續走出了好幾個人，年紀都跟洪差不多，互不相識似的，沒有一般從酒店出來就站在路邊抽煙瞎扯的樣態，悄悄各自登車匆匆離去。最後出來的是洪啟瑞。要不是前面那幾個人，小顧會錯過洪啟瑞。可見走最後的不一定就安全。洪啟瑞人很清醒，動作爽利，就像剛談完公事的老闆，絲毫看不出來在喝酒的地方待了四個多小時。

不是在喝酒，是在幹嘛？

談事情。談一些不能讓大家知道的事情。所以離開的時候也是各自登車，甚至不走酒店正門。酒店的格調是很高級的，預約會員制，小顧就從來沒到過這間店查牌。洪啟瑞跟他的朋友是真的不想讓人看見。四個小時，只是談事情？

小顧沒有跟著洪啟瑞回家，他走去巷口的流動攤販處買了好幾串燒烤，有肉有菇還有四季豆，花了好幾百塊，給泊車小弟當宵夜。燒烤攤與酒店有一段距離，小弟說，沒想到你也知道這一檔。小顧笑說，就告訴你我是駐這區的嘛。小弟吃著雞胗跟小顧說，下次你要吃，叫我去買，老闆會算我便宜一點。

哦，還會這樣喔。

小顧如常生活，偶然打開手機的筆記本，看著名為「仁愛路」的檔案，並不覺得有什麼不記下來自己就會忘掉。那麼計劃是什麼？好像只有著模糊的輪廓，不急，慢慢就會浮現清晰起來。

又過了幾天，小顧值勤，要去為日前的傷人案到醫院補錄口供。午後三、四點，獨自在路上走著，忽然有人把他叫住，十、七八歲乾淨斯文的小伙子，身邊一個穿高中制服的女生，二人手牽著手，另一隻手都拿著手搖飲品，朝小顧燦笑，嗳，又在跟監哦？小顧沒反應過來，小伙子補充，三五三巷。小顧沒想過泊車小弟在大白天是這個樣子，而且還會跟他打招呼。小顧停下來，指著他們手上的手搖飲品，問，好喝嗎？泊車小弟的女友說，我的加了芋頭布丁，他們家獨有，好喝。小顧點點頭，揮手繼續前行，好像真的就要去買一杯來喝，又走了幾步，回過頭來叫住泊車小弟，問，洪啟瑞還有去你們店裡嗎？泊車小弟想都不想就回答，他是逢週二、四就來。好像很高興小顧有事情問他，而且他也剛好能答得上。

小顧知道，這裡一點，那裡一點，計劃正自己拼湊出形狀來。除非洪啟瑞什麼都不做。

但是洪啟瑞絕不是什麼都不做的人，他做的事情實在太多；他還要刑警大隊去白龍的房子裡把他兒子找出來送回家。

小顧想，我是一時之氣嗎？不，這絕不是一時之氣，我是要證明他錯了，而且錯得很離譜。

3.

隊長找小顧到他房裡，泡了上好的烏龍茶，說是大紅袍。小顧不懂茶，大口喝著，隊長說，喝慢一點喝慢一點，這茶喝太急會醉。小顧呵呵笑，心情特好似的，彷彿微醺的人。隊長皺著眉，你最近是怎麼啦？小顧仍是一臉笑意，說，我很好啊，謝謝隊長關心。隊長嘆了口氣，說，你心裡有什麼不痛快就說出來吧。小顧堅定地說，沒有。隊長仍朝小顧的小茶杯裡注茶，小顧又一口把茶乾了，喝酒一樣，隊長想說什麼，竟顯得吞吐。小顧也沒等隊長把話找出來，就站起來，說，沒事我出去了。隊長說，你急著上哪去？小顧說，今天週四，要去見個朋友。說完就轉身離去，剩下隊長一臉茫然和空空的茶海。

洪啟瑞是在走出大樓想要登上計程車的時候被小顧叫住的。洪——先——生。不止洪啟瑞，在小顧身旁過馬路的女士亦明顯被小顧的聲量嚇到。洪啟瑞看著小顧一臉親切揮著手從馬路小跑到自己跟前來，不禁流露出錯愕神色。小顧提醒著說，我偵查第五隊的小顧，那天晚上將洪安安送回府上，洪先生你忘了嗎？洪啟瑞臉色鐵青，沒理會小顧自行打開計程車車門，小顧臉上熱情不減，不知情的人會以為洪啟瑞是小顧要努力巴結的人。小顧在洪啟瑞坐進車廂時又丟出了一句，洪先生是要趕去參加週四晚上的聚會哦？

小顧還朝開走的計程車揮手說再見，臉上的笑容就像剛發現手上的統一發票中了獎，不多，六百塊。

小顧確實只中過六百塊獎金而已。小顧相信，一切都很公平，他跟中了千萬獎金的人的運氣，其實是一樣的，只是他的運氣不在中獎上，而是在健康、考試、執勤、家人和朋友其他各方面。每個人加起來，都會是一〇〇%，這就是公平。亦是這種無法解釋與言傳的公平，維持著世間的均衡與平穩，而他身為一位刑警，就有責任維護別人不察覺的公平。

小顧沒離開，他躲在暗處，一如所料，洪啟瑞坐的計程車繞了一圈又回到家門前，只見洪啟瑞氣沖沖下車登樓。小顧明白，洪啟瑞的興致被他破壞了。這樣才公平嘛。

洪安安大概會遭殃。小顧想，洪安安總有一天會想出法子來。

洪啟瑞還沒進到房子裡就抽出了西褲上的皮帶，洪安安並沒來得及逃回睡房鎖上門。洪啟瑞一邊抽動皮帶一邊說，你哭什麼哭？你還哭？我有多委屈你懂嗎？

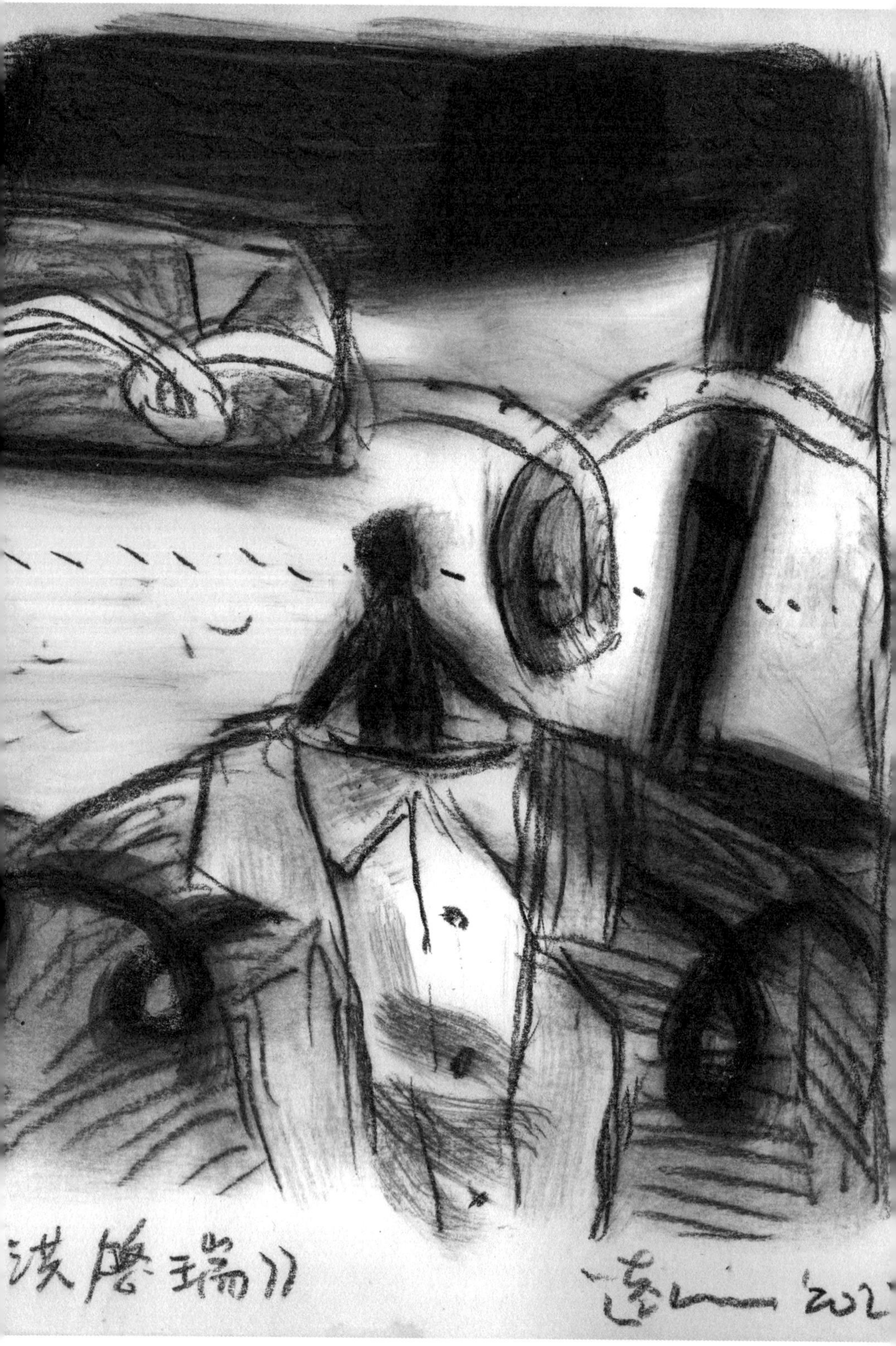
洪隆瑞》

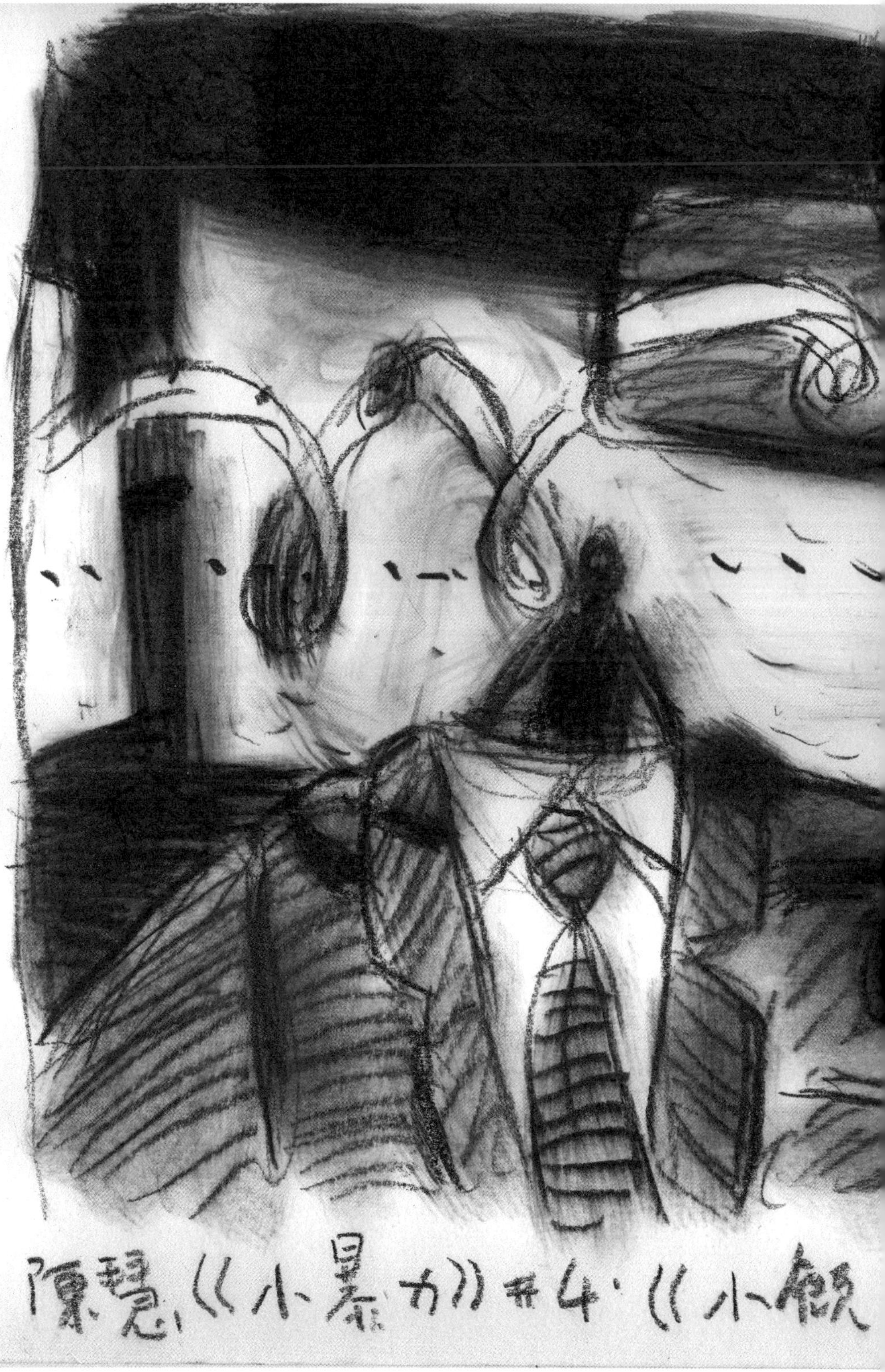
陳慧、《小暴力》#4、《小飲

五：洪啟瑞與洪安安

1.

洪安安其實已經很警覺，大門門鎖傳來按密碼的聲音，他立馬從沙發彈起朝睡房奔去。開門進來的果然是洪啟瑞，他折回來，也就是說，他今夜的「局」沒了，原因不重要，他的心情鐵定不好。只差一步，安安沒想過洪啟瑞老早已將皮帶解下握在手裡，後頸吃了一抽，腳下一滑，被洪啟瑞在睡房門前逮住，揪住他上衣領口連拖帶拉曳進視聽室裡。

洪啟瑞花在視聽室的裝潢超過五百萬，這價碼並沒有把影音器材算進去，無論天花板與牆面，都有好幾層的吸音墊、石膏板、隔音空氣層，甚至用上100K的岩棉。洪啟瑞跟人說，他這視聽室的室內環境，是可以穩定在31Db寧靜音場的。安安忽然想起小顧。就是小顧送他回來的那天晚上，小顧離去之後又再折返，安安相信，小顧在門外是聽見自己的哭叫聲的。他一直沒機會謝謝小顧。視聽室外一片寂靜，今夜誰都不會來按門鈴。

安安想，我死定了。

洪啟瑞每抽動一下皮帶都說一遍，你哭什麼哭？腔調沉穩，甚至微微透著好奇，彷彿是在說，你憑什麼？很以事論事的樣子。安安在地氈上滾來滾去，最後滾到置放器材的角落，死命抱住那座超過四十萬的落地式揚聲器。洪啟瑞沒有表現出很生氣，只是不耐煩而已，他向安安招手，說，你過來，我答應你只打二十分鐘。安安一臉眼淚鼻涕，匍匐爬到洪啟瑞腳邊，抱住洪啟瑞的腳仰起頭來，看見洪啟瑞瞄了腳下的他一眼，一臉厭惡。安安哭哭啼啼，雙手沒鬆開洪啟瑞的腳。洪啟瑞像不小心腳下踩了髒物，不住的甩腳想要把安安摔開，險些重心不穩，最後一腳踹在洪安安胸口。

洪啟瑞自己大概也覺得這一腳有點太猛，丟了手上皮帶，叉腰遠遠瞪著躺在地上的安安，安安捂住胸口，一臉痛楚。

洪啟瑞喃喃說，你以為你很慘？你長得醜還要當基，被人騙到賊窩去，你是自作自受。我才真的是慘好不好？我從來，是從來，是從小到大，就沒有自由自在地做過自己想做的事情，我做什麼事情都得顧全大局，我一直都是大人叫我怎樣我就怎樣，我做所有事情就只是為了成為大人要我成為的那個人，大人叫我不要做的事情我就得立刻停下來，叫我不跟誰來往我就只能一刀兩斷，叫我去那裡我就乖乖上路，叫我跟誰打好關係我明明恨入骨髓都想著法子讓人喜歡我，叫我娶你媽我也聽話跟她生出你這個鳥兒子，為什麼你就可以跟我不一樣？為什麼你可以那麼奇怪？為什麼只你一個人想怎樣就怎樣？你憑什麼？

安安躺在地上一動不動，半瞇著眼看著洪啟瑞在視聽室外走來走去，談了幾個電話，好像弄了些吃的，最後換了衣服，帶著上健身院的手提包出門。

安安真心感謝洪啟瑞沒有將視聽室的門關起鎖上。

2.

安安脫去衣服，在全身鏡前檢查自己身上的傷痕，忽然有一種既視感，好像過去曾經看過這一幕。

其實每一次都有些不一樣。

只有洪啟瑞的喋喋不休是重複又重複的。洪啟瑞的憤憤不平，洪安安非常熟悉。就像那些在學校裡霸凌他的人，他們跟洪啟瑞在同一國，為什麼他們不來當洪啟瑞的兒子？不對，要是他們是洪啟瑞的兒子，他們也是會被洪啟瑞修理的。

一如霸凌他的人也在其他人身上領略被霸凌。

都是一些心裡不痛快的人。

安安很早之前就明白，並不是自己做了些什麼得罪他們，他們只是心裡不痛快。偏偏這些不痛快不可以說出來，因為是那麼無力軟弱與低拙，他們只是看不過眼安安的快樂。他們就是想不透，為什麼安安可以獨自快樂？明明安安跟大家一樣，同樣也是被周遭的大人逼迫著，可是安安卻表現得那麼自由自在。開始的時候可能只是微微的委屈，一種不解，然而他們並沒有去尋索答案，也許是能力所限，更大可能是習慣使然，他們由得內心的困惑沉澱成莫名的厭惡與憤怒。於是，安安需要為他們的情緒負責，安安就是該打。他們將安安打得鼻青臉腫，然後謊稱他從階梯上摔下，他們甚至朝安安痛極蜷曲的身子吐唾沫。

日暮時分，滿身是傷的安安獨自仰臥在窄巷地上，看見了初升的新月，就像小童剛被剪下來的一片乾淨指甲。安安笑了；一抹微笑。

美術老師說的，為什麼這幅畫是經典？這幅畫呈現的是極致的準確，因為這女人的一抹微笑。微笑最難，多一點少一點都不可以，否則會變成苦笑或假笑。沒有苦衷，心思澄明，靈魂的光，愛與希望，信心與溫柔，如斯尋常平凡，那是微笑。

霸凌者以嘲笑為飾。洪啟瑞只有假笑。洪安安獨自微笑。

究竟是洪啟瑞讓安安能夠理解那些霸凌者、還是霸凌者令洪安安洞悉了洪啟瑞內心的困迫？在洪安安的內心深處，洪啟瑞與霸凌者的聲音重疊在一起，悲哀、委屈與暴戾全都怪異地扭曲在一起，聽著聽著，洪安安幾乎要同情他們了。如此平白無辜，所有的不快樂都出於別人的安排，所有的不對都是被迫的，所有的壞處都歸因於別人的錯。他們身不由己，他們當上俘虜，卻趾高氣揚。

安安檢視著鏡子裡滿背新鮮鞭痕與腰脅間的瘀黃，傷痕與痛楚保護了安安，令他不致成為斯德哥爾摩症候群患者。

安安打開日記冊，在空白頁寫下六個字：「你暴力，我自由」。

3.

最早的時候，安安有音樂。安安不會說，是我選擇了音樂。有一天，安安的媽媽問安安，學大提琴好不好？這是問句沒錯，但安安很清楚，他只可以說好。幾天後，安安得到一把十二萬元的 1/16 大提琴和一位時薪超過三千元的大提琴老師。對安安的媽媽來說，價錢是衡量事物的重要法則，尤其是她這樣一個什麼都不懂的女人。安安從來不覺得媽媽什麼都不懂，她一直很努力去學習，她總是忙著去上課，瑜伽茶道插花法語風水命相一大堆，她還去法國藍帶廚藝學校學燒菜，只是爸爸一直用指頭戳她的額角，說，你什麼都不懂。安安很快學會了用松香擦弓弦，這是每次拉琴前後做的保養工作，他很喜歡，當他輕輕以松香擦抹弓弦的時候，大概就是生命裡第一次體會到，所謂，平靜。當時他還不懂，更不知道這樣的時刻彌足珍貴。不過媽媽很快叫停，她說你拉琴的聲音老是讓我以為聽到輪船的汽笛，這樣我會睡不著。那時候媽媽晚上無法入睡，都是白天在睡覺。

老師知道那是安安的最後一課，就替他錄下來，巴赫的G大調一號獨奏曲。老師說，這是你演奏最好的一次，但這只是入門。安安想，我一直都在門外。安安重看了一遍老師的錄影，然後刪掉。每一次的演奏都是獨一無二的，音樂如此珍貴，令人憂傷。

後來安安學作畫，繪畫安靜，不會吵到媽媽。安安不抗拒調弄色彩，不過他更喜歡老師跟他說那些畫作的故事。安安最喜歡戈雅筆下恐怖的農神，明明是那麼可怕，令他心生畏懼，卻又被深深吸引無法將目光移開，他能因此清楚感受到自己的心跳。老師問安安喜歡這幅《農神吞子》的原因，他說，我喜歡這畫作非常真實。老師沉默。

大概是一年之後，媽媽開了爸爸新買的跑車去撞山，洪宅人仰馬翻。沒人理安安，安安躲在房間裡不停畫畫。喪禮當天，洪啟瑞闖進安安房間，將那些佈滿褐紅與焦黑線條的畫紙丟進垃圾桶。晚上，電視新聞裡，洪啟瑞一邊擦眼淚一邊抱緊安安肩膊，請求大家為了兒子，別再拿亡妻的酗酒成性當話題。洪啟瑞這鰥夫大獲輿論同情。

安安在媽媽的遺物中翻出一本空白的記事本，他想寫些什麼，但是怕讓別人知道他在想什麼。安安去外公家，在書架上拿走了《宋詞選》。挑這一本的原因是它夠厚，他可以抄很久很久。安安從「別後不知君遠近」開始，只是安安怎麼可能懂歐陽修？然而逐字搬到白紙上，胸臆間難以言喻的哀傷竟似有了出口。最後是晏殊的「求得淺歡風日好」，花了一個多月，安安似懂非懂，從此藏了一個祕密，就是方塊字：單一存在，意義不大，但只要通過組合、連結，就能被賦以無盡涵義。

陳慧《小暴力》
DERMATO + WAX

六：洪安安與周郁芬

1.

洪安安剛升上國中的那段日子，有時候會在下午放學後，來到外公的老宅。老宅有名字，叫「暮雲舍」，在中正區某小巷弄裡，很多人都聽說過這地方，據說從前文人政客登門造訪絡驛不絕，近年冷寂了些，這裡是安安唯一被允許獨自前往的地方。安安通常在外公午睡的時分來到，不過，安安知道，就算外公沒在午睡，他要是知道安安來了，也只會待在二樓。外公偶爾會吩咐傭人給安安送點心，他與安安毫不親近，他不錯非常疼女兒，但卻愈來愈討厭洪啟瑞。於是，安安明白，他可以亂翻書架，是外公對他最大的情分。後來安安回想，那時候沒有了結生命，是因為可以在無聊甚至鬱悶的午後，躲在外公的書房裡。

安安很早就懂什麼是自殺，他剛升上小學，發現媽媽鎖上房門，就已經會惴惴不安。他會不斷的捶門，直至媽媽把門打開讓他進房陪著她，他就可以快樂蹦跳，無視媽媽的一臉厭煩。沒人跟他解釋過這是怎麼一回事，他就是知道不可以讓媽媽獨自在房間裡，要是她做了那些事情，他就永遠無法再看見媽媽了。

然而安安最後還是無法再看見媽媽。

安安抄《宋詞選》的事情被洪啟瑞發現之後，他帶著安安去見外公。外公已經好久不曾與洪啟瑞見面，甚至拒絕出席女兒的喪禮，誰也不敢勉強他。外公就差沒吩咐人送客。洪啟瑞低聲下氣跟管家說，安安有多掛念外公，說得安安都感覺到自己的臉熱起來。外公終於下樓，洪啟瑞強行從安安的背包中取出筆記本，鄭重地交在外公手裡。安安錯愕著，微微不快，但很快就掩飾過去，雖然筆記本是屬於他的，是他的私人物品，不過，沒人理他，洪啟瑞需要，就是這樣。

洪啟瑞對外公說，謝謝外公的教養，拯救了喪母憂傷的安安。

外公沒答話，一頁一頁地翻著安安的筆記本。安安低著頭，緊握著拳頭，不敢看外公，太難堪了。

忽然，外公指著一處，說，你抄錯了一個字，應該是「漸行漸遠漸無書」。安安伸頭去看，發現自己寫了「漸行漸遠漸無聲」，沒想過外公看得認真，莫名就放鬆了。

洪啟瑞也湊興伸頭過來想看一下，沒想到外公掄起筆記本使勁拍在他頭上，洪啟瑞大吃一驚，只是外公沒停手，一直用筆記本拍打洪啟瑞，直打到筆記本整本散開，一地紙碎。

外公叉著腰喘著氣跟安安說，我再給你買新的。

洪啟瑞一臉慍惱，開腔卻是委屈的，訕訕說道，委員會遴選的事情，還得請安安外公幫忙。

洪安安的國一同學還沒攪清楚五權分立，哪院是哪院，他就知道外公在五院都有人脈和影響力。洪啟瑞一直都在求外公的幫忙，從前帶著媽媽，現在帶著他。

那天下午是怎樣告一段落的，安安已經記不清楚，只記得洪啟瑞一直涎著臉在向外公請求。外公很生氣，甚至踢翻了身旁放美人松的紫檀高腳架，無人敢上前收拾。外公向洪啟瑞咆哮，你還有羞恥之心嗎？洪啟瑞絲毫沒有被外公的話傷到，他若無其事，繼續向外公說明委員會主任人選與各方的利害關係。

安安記住了外公最後說的一句話，你毫無羞恥之心，因為你根本不在乎，你不屬於這裡。

這裡是哪裡？安安不知道。總之，外公家是洪安安的防空洞。

2.

洪安安的防空洞翌年坍塌。

外公風光大葬，葬禮中安安聽到他不認識的人在耳語，說，外公的房子撥歸洪安安名下，洪啟瑞雖然在洪安安二十歲前都是遺產監管人，但遺囑上寫得清楚，洪啟瑞不可踏足「暮雲舍」。

應該是提防洪啟瑞將外公的古玩字畫變賣。

過了沒多久，洪啟瑞果然吩咐安安去外公家，若無其事地，就像借給鄰居一些生活用品，現在叫兒子去登門取回。洪啟瑞是這樣跟安安說的，你上二樓，外公寢室外有一個酸枝櫃，櫃上放著一個青瓷水仙盆，你去替我拿回來。

外公說，雨過天青雲破處，這般顏色做將來。沒頭沒尾，後來安安才找到出處。當時聽著，就是莫名喜歡，一股新天新地的愉悅，於是記住了。在心上。安安知道那是寶貝，不可以給洪啟瑞。

安安去了園藝店，買了一個樣式接近的交給洪啟瑞。

那是洪啟瑞第一次動手打洪安安，下手極重。洪安安想，我不能死，我要保護那些美麗的東西。

第二天體育課，安安等到眾人散去才進更衣室，剛把上衣脫掉，忽然有人從背後抱住了他。安安先是愣住，很快就知道是班長。班長抱住他，在抽泣。

安安從沒隱藏對班長的鍾愛，因此遭到同學們的嘲諷揶揄，班長對安安也份外的冷漠。

此刻班長輕撫安安背上的傷，問，仍痛嗎？

安安明白了，原來他也愛我。真好。

班長跟安安交往的事情很快傳遍了同學之間，奚落升級為霸凌。但遭到霸凌的只有安安，班長仍是眾人心中的偶像。

後來好像是班長的父親找了洪啟瑞，要洪啟瑞好好管教洪安安。洪安安轉校，仍偷偷跟班長維持著關係，新同學不知如何知道了，霸凌繼續著。而以言語羞辱洪安安，賞他耳光，則成為洪啟瑞的每天例行公事。

就在洪啟瑞向安安咆哮說你有沒有羞恥之心的時候，安安忽然記起了「暮雲舍」的那個下午。盛怒的外公，厚顏的洪啟瑞。安安明白了，我不屬於這裡，我不在乎，這裡的人也無法羞辱我。在傷害我的人跟前，我就是無恥之徒，洪啟瑞，是你啟發了我。洪啟瑞加倍震怒，捱打罵的人怎可以有這樣的笑容？

於是，被洪啟瑞家暴、被同學霸凌的洪安安，並不見得脆弱，反而內心滋生出一種祕密長大的強壯。

3.

班長在小巷找到髒兮兮大字躺在地上的安安，他上前撲倒在安安身上，說，我以為你死了。安安哈哈大笑，還來不及指給班長看天上的新月，班長就跟安安說，我要跟你分手，否則你早晚會死。

班長沒理會大把眼淚鼻涕哭得唏哩嘩啦的安安，拉著他去了光華商場，走進了一間小店，在店的後面隱密處，班長付錢買了一堆安安從沒見過也認不出來的東西。班長有些兇，跟安安說，你看清楚。安安只見他把自己的手機放在類似充電器的東西上，外附一堆接線，然後他在電腦上敲敲敲，又把安安的手機接到一部電子儀器上，只見安安手機的螢幕忽然整個轉黑，並且快速地跑著一大堆英文字數字和符號。安安大吃一驚，以為自己的手機被駭了，班長擋住他，又過了十多分鐘，安安手機的螢幕回復正常，班長點開了其中一個應用程式，那是之前並沒有存在的，點開之後，安安看一眼就明白了。

真的是給駭了，但駭的是班長的手機，現在班長手機的一切都在安安的手機裡，一目了然。班長說，我們分開了，但我還是會一直陪著你，懂嗎？

安安沒跟班長見面，但知道班長的一切，包括他去了哪裡，下載了哪個交友軟體。但安安再也沒法接觸班長，安安的來電與訊息都被班長封鎖。安安想，為什麼你不是保護我而是要擋隔我離開我？

某天半夜，安安在廚房裡喝水，被剛好喝醉酒回到家裡的洪啟瑞撞到，莫名其妙一頓亂打，安安只能一直叫，爸，是我，我是安安。

第二天，安安將駭了班長手機的應用程式刪掉。下課後他去了光華商場，小店的人認得他，「那個一直在哭的男孩」，就讓他進後面去。他叫老闆賣給他班長駭手機用的東西。

安安買了一堆電子儀器回家，當天晚上就要駭進洪啟瑞的電話，沒成功。他又去找老闆，老闆問，你數學考幾分？安安回答了，老闆就說，你以後逢一、三、五來我這裡上補習課可以嗎？安安說，可以。老闆又說，上補習課得交補習費喔。

安安去「暮雲舍」，從牆上取下一幅鑲在鏡框裡的扇面，交給老闆。老闆點頭收下，安安從此成為他的學生。

現在安安給關在家裡，哪裡都不能去，每天起床的第一件事情，就是打開google日曆，看一下洪啟瑞今天會到哪裡去。

google日曆說洪啟瑞今天要頒獎給周郁芬。

慧《小暴力》卷6《洪安安与周郁芬》
远山
202

七：周郁芬與李立中

1.

李宅玄關牆上掛著故宮名畫大月曆，周郁芬確定自己已一早在今天的日子旁邊寫上「領獎」二字。月曆上佈滿夫妻二人的筆跡，空白處不夠寫，李立中直接將「晚導修課」四字寫在郎世寧畫的瑞麐身上，再畫了箭頭指向日期。李立中不懂也不愛書畫，這月曆是從辦公室帶回來的，周郁芬曾將它放在回收垃圾的袋子中，李立中卻又把它檢回來，掛在玄關，說不要浪費，這月曆看著大氣。周郁芬沒跟他爭辯，由得月曆掛在牆上。周郁芬想，反正也沒人會看見。

周郁芬還是忍不住跟正在穿鞋的李立中說，我今天去領獎。李立中在綁鞋帶，頭也沒抬，說，我知道，應該接著有晚宴吧，我就不等你吃晚飯了。鞋子穿妥，取過公事包，站起，開門，回頭跟周郁芬說，我出門了。一家之主的樣子。

周郁芬站在玄關發呆，沒想到自己還是期望李立中會跟她說一聲恭喜，雖然他什麼也不懂。

門鈴此時響起，周郁芬嚇一大跳，原來是出版社送書來了，這是加訂的二十本。周郁芬知道，過了今天，學院裡就會有人跟李立中提起，然後李立中就會要她簽書送人。他從來不看她的小說，甚至有些瞧不起她的寫作，不過，化學教授與小說家，李立中喜歡這樣的形象，讓他跟系上的人有些不一樣，甚至有些說不出來的，高了那麼一點點。

周郁芬知道，老婆得獎這件事情，會讓李立中在辦公室裡出一陣子風頭，她甚至可以想像到他沾沾自喜的樣子，好像全靠他在支持著她的寫作似的。不討厭，真的，旁人都快要為她不值了，可是這一點也不重要，周郁芬心中有數，一直都是她在佔李立中的便宜，她必須藏住對李立中的鄙夷，這是起碼的道義。她自嘲，我是老派人。

上午十一點，周郁芬到了修甲店，她挑了黑色，搭身上的山本耀司。從前只喜歡三宅一生，如今只覺老氣，大概是看太多這城市的貴婦穿三宅一生。周郁芬面露微笑，心裡默念著，謝謝李立中。頒獎禮舉行的地點在信義區，時間是下午五點正，介乎正式與非正式之間，工作人員要她四點十五分到達會場，先處理領取獎金的文件認證流程。兩點一刻，周郁芬坐在頒獎禮會場旁邊那幢大樓內的書店咖啡室中，最裡面的角落，吃著簡餐。食物不重要，咖啡只要是美式就好，重要的是，每次在走進喧鬧人群之前，周郁芬都需要一段緩衝的獨處時間。

天氣很好，明亮潔淨的玻璃窗上倒照著黑衣周郁芬。周郁芬看著，呷了一口不算難喝的咖啡，小聲說，如今的我很好。

周郁芬的手提包裡帶著兩本書，一本是看了又看的私探馬修史卡德，另一本就是《小暴力》。周郁芬很想跟馬修廝磨，但想到頒獎禮後的記者會，很難避免會提問書中情節，還是惡補一下吧，畢竟已經是二十年前寫下的，印象真的有點模糊。

二十年前。真是，天啊。

2.

李立中走進辦公室，把門關上，想了一下，又把門打開。未幾，果然有人經過，是金理高，行色匆匆，眼看走過去了，又走回來，在李立中的辦公室門邊伸頭入內探看，朝李立中招呼著說，恭喜恭喜，尊夫人又獲獎了，好厲害，這一次的獎金不少耶……。

李立中一派不以為然，又有人走進化學系系辦，是助教小正。金理高回頭瞪他，說，我不是跟你說要九點前進辦公室嗎？小正湊前來，沒理金理高，逕自對李立中說，校車上大家都在談教授太太獲獎的事情，都說你在背後支持功不可沒。李立中臉上終於有了笑容。

周郁芬得獎這件事情，莫名為系辦帶來一股節日氣氛，大家非要慶祝一下不可，工讀生擔憂一直在那邊要教授請喝飲品，會惹他厭煩，小正悄悄說，他心裡高興著呢。偏偏李立中就是不願意下午開會時請大家喝手搖。李立中說，我叫老婆簽書送你們不就夠了嗎？金理高忍不住在李立中背後小聲說了一句，也太小氣了吧？小正想要跟金理高交換眼色，卻被金理高抓進他辦公室去。金理高完全沒介意別人聽見他在教訓小正，抑揚頓挫地說著，小正你自己注意一下，教授之間的感情，是日積月累建立起來的，絕非你用一年半載時間就能理解，你管好自己，準時到辦公室是基本，接下來跟你談續聘，還要考慮你的各方表現啊。

小正從金理高辦公室走出來，小聲嘀咕著，還真的以為自己已經當上系主任……。抬眼看見正要去上課的李立中停在走道上，別有興味地打量著他。

下課後，李立中沒有吃助教備的便當，繞了遠路去荷花池旁的中式餐廳吃午飯，果然遇見了文學院的院長。院長興高采烈的跟李立中打著招呼，說要李立中幫忙約周郁芬到院裡辦講座。李立中面有難色，猶疑著說，你也知道她最近實在是忙。院長說，所以要你幫忙嘛。李立中就像下了很大的決心，用力拍了院長的肩膊一下，說，院長我答應你，無論如何一定會幫你這個忙，今天晚上回家就跟老婆喬好時間。

這天晚上，李立中在辦公室待到很晚，但沒人知道。他待在自己的辦公室裡，關上燈，鎖上門，每個人都以為李立中已經離開了，直至系辦內空無一人，李立中才亮著手電筒，悄悄從自己的辦公室走出來。

李立中來到小正工作的角落，將一個小小的監聽器，安裝在小正的桌下。然後李立中又從置放文具的櫃子裡，找到一大串鎖匙，其中有金理高辦公室的後備鎖匙。李立中打開了金理高的辦公室，將相同的小儀器裝在金理高的辦公桌下。

3.

李立中把車停在路邊，狼吞虎嚥著從超商買來的飯糰，這才發現原來忘了買水。李立中把車開進停車場泊好登樓，開門進屋才發現周郁芬仍未回來。他急忙倒水喝，剛才是吃得太急，有點噎住了。

周郁芬回到家裡來的時候，李立中仍在打嗝。周郁芬看著手持水杯神情呆滯的李立中，忽然在他喝水的時候，捏住他的鼻子，李立中慌了，周郁芬一直沒放手，李立中嗆住，不斷的咳嗽。

李立中摔破了水杯，不過沒再打嗝。

李立中看周郁芬兩頰似抹了胭脂，有點不悅，說，你喝醉了不成？周郁芬支著頭在餐桌旁坐下，閉著眼說，那洪啟瑞一直灌我喝酒。

誰？

洪啟瑞，頒獎給我的委員長。

李立中打量周郁芬，他看中你不成？

周郁芬慘笑搖頭，說，有些人就是喜歡勉強別人做不想做的事情，不然怎麼能顯出他有面子？

此話提醒了李立中，他忘了自己的噎，也沒將周郁芬的醉意放在心上，就吩咐道，你下月挑一天到文學院去，院長找你辦講座，我明天叫他們發你電郵確認時間，我跟你說啊，這事情很重要，我要當系主任，如果有院長的支持，那是勝券在握，你知道我為什麼要當系主任嗎？你是系主任的太太，以後就不會有人敢勉強你做不想做的事，你懂我的意思嗎？

周郁芬想吐，也不知道是胃裡的紅酒還是李立中說的話。

周郁芬站起來，將李立中的面頰捧在手裡，說，李立中，你真是一個好人。李立中樂於被讚賞，只是受不了周郁芬嘴裡的酒氣，他將周郁芬推開，又想起那個灌酒的人，不悅問道，那委員長叫什麼名字？

周郁芬說，洪啟瑞。

李立中乍聽到洪啟瑞三字，整個人一震，周郁芬訝異，你認識他？李立中什麼也沒說，逕自走進睡房。

周郁芬蹲下，收拾著地上玻璃水杯的碎片，小心翼翼不被割著，酒意也醒了。周郁芬喃喃自語，你就算當了系主任，恐怕仍得給洪啟瑞面子呢。

2021

陳慧《小暴力》句子：《周有玲

八：李立中與洪啟瑞

1. 有一天，李立中正要進系辦，手機彈出接收到新電郵的訊息，來自他投稿的期刊。李立中有點急不及待，停下腳步看電郵內容，沒想到文章按評審的意見修改了，還是被擋。李立中氣炸了，他認識期刊裡的人，打聽過負責審查的是誰，知道是金理高的學弟，之前幾天才聽金理高提起他，說剛進中研院。真是豈有此理，他憑什麼？他懂的比我多嗎？要不是剛好有學生經過，恐怕李立中已把手機摔壞。學生只覺得瞪著手機發呆的李立中是一貫的怪，沒搭理就逕直越過他拍證走進系辦，並沒順手將門帶上。李立中看著就不滿，他說過很多遍，進到有空調的地方就要順手關門，這些人究竟有沒有常識？李立中正要發作，就聽到小正在跟人談論系主任的事情，腳步又停了下來。

小正說，現下論資歷，只一個人可以跟金理高爭系主任，就是李立中，也就是說，李立中接下來準沒好日子過，我告訴你，金理高會把李立中弄死。跟小正對話的，是新來的助教，看來內向木訥，小梅還是小莉？竟興致勃勃的追問，他要怎樣把李立中弄死？李立中焦躁莫名，明明是在偷聽，不知不覺卻走進系辦中。

系辦裡就像忽然被按了靜音鑿。

小正擺出在忙碌的樣子，小梅還是小莉？則埋頭敲鍵盤。李立中走到小正跟前，以極其平常的腔調問，金理高是要怎樣弄死我？如果沒留心在聽，會以為李立中只是在問開會通告在那裡。

小正一臉錯愕，誰？誰要弄死誰？李立中心裡咒罵，你戲真好。李立中臉帶慍色回去自己的辦公室，門一關，就覺得門外有嗡嗡的低語聲。他把門開了一道縫，看見小正仍在跟小梅（還是小莉？）說話，邊說邊往這邊瞧，李立中急忙將門關上。果然是在談論我。

李立中整個身子附在門上，聚精會神聽著小正隱約的話語聲，忽然門上喀喀兩下，李立中還沒來得及反應，門已被打開，李立中踉蹌幾乎倒地，抬頭看見金理高打量著自己，一臉忍俊不禁問，你站在門後幹嘛？躲貓貓嗎？

果然是要弄死我。

天已入黑，李立中準備離開辦公室，心裡始終不服氣，起碼得要攪清楚他的文章被擋，是金理高指使學弟的緣故，還是純粹他學弟自己的意見。李立中沿著燈已關了一半的走廊，往金理高的辦公室走去，遠遠就聽見金理高在聊電話，似是在安排聚會，彷彿明天就要開始放連假般的歡快，高興得讓人忌妒。李立中靜靜走到門邊，往內瞧見金理高坐在他自費買的減壓護脊辦公椅上，椅子能轉動，他自在地轉來轉去，此刻正背對著李立中。

李立中慢慢退開，他從來沒體會過，快樂可以如此強大，他莫名竟有受傷的感覺。退到走廊的暗影中時，他聽到金理高說，你相信我，我今天晚上就能把洪啟瑞帶過來……。

好像這洪啟瑞是很厲害的人物，而金理高也是很有辦法，所以他可以將這洪啟瑞帶到聚會上。

當天晚上，李立中失眠。

2.

李立中失眠，才發現周郁芬原來都是在深夜寫作。

李立中和周郁芬新婚沒多久，周郁芬就提出二人分房而睡，李立中沒所謂，反正房子夠大，空間足夠。李立中不覺得自己缺乏熱情，他只是更崇尚理智。他跟人說過，他就是喜歡周郁芬凡事都說得清楚分明，不像有些女孩，什麼都收起來，要人猜，猜不透又來情緒，極不穩定，你鉣啊？當時坐在李立中身旁的周郁芬答了一句，我是鐵56呢。李立中的朋友聞言都鼓起了掌，誇周郁芬幽默包容，兼有化學知識。李立中呵呵又加一句，她就是鐵，具有最大的惰性，明明白白的懶。周郁芬抿嘴一笑，心裡想，我收起了些什麼，你還真的猜不到呢。

每天早上，李立中都要吃過早餐才出門。他在餐桌坐下就吃，鹹豆漿小麵包稀飯麵條，也沒細想是周郁芬一早上街去買回來的還是她自己弄的，有什麼就吃什麼，覺得自己真是好，都不挑剔。卻不知道周郁芬都是在晚上進書房前，浸泡黃豆或設定麵包機。凌晨四點左右，周郁芬就會收工，她會喝杯咖啡吃片吐司。吐司一定要薄的，這麼多年，仍是無法喜歡厚吐司。然後她就出門跑步。有時候懶得進廚房，周郁芬就會跑到李立中喜歡的店，外帶早餐回來給他吃。只是李立中也從未為吃到的食物感到驚喜。

天將破曉，睡不著覺的李立中與準備出門跑步的周郁芬，互相把對方嚇一大跳。

第二天深夜，書房中的周郁芬察覺到了李立中的輾轉反側。翌晨，周郁芬少有地在早餐桌坐下，有一搭沒一搭地跟李立中聊起來。好吃嗎？好吃。我跑步路上買的。你熬夜了還去跑步？習慣了。李立中停下來，嚴肅地問，所以你天天都是這樣？周郁芬委婉說，也不是晚晚如是，只是最近的稿有點趕。其實周郁芬每天都是夜裡寫作，晨跑回家路上順便買菜，待李立中出門之後，她先把晚餐的食物切剁調味醃好放在冰箱，然後花兩、三個小時在網上找資料或看書，都是為了寫作的需要，接著就會上床直睡到李立中回家前，才起床做晚餐。李立中沒再問，周郁芬也不打算詳細說明。周郁芬靜靜看著李立中默默吃著早餐，她不願意讓李立中的失眠打亂了她寫作的安靜。周郁芬問，你多久沒做身體檢查？李立中滔滔說起三個月前的體檢報告，說醫生都誇他。所以不是身體出了什麼毛病，那就是系裡的事情了。系裡的人，只要是李立中曾介紹過的，周郁芬都記得。周郁芬逐個問起，李立中都沒把那些人放在心上，直至周郁芬提起金理高。

李立中愣了好一會，最後淡淡的提起金理高那張能轉動的減壓護脊辦公椅。

3.

當周郁芬訂購的辦公椅送到系辦時，李立中不是不激動的，周郁芬買的這一張，一看就知道比金理高那張貴上很多。

那天晚上李立中在飯桌上話特別多，周郁芬不必多費心，他已經主動提到金理高，他是這樣說的，這姓金的要跟我爭當系主任。然後又提到金理高的人脈，還有在系辦裡聽見小正議論的事情。周郁芬問李立中有什麼對策，李立中有點愣住，顯然是只有情緒，並無思考。周郁芬不語，開了題目就讓李立中自己去想明白。周郁芬洗好碗碟要去洗澡，經過李立中的睡房，就聽見李立中在跟念機電的學弟通電話，問對方偷聽的器材要上那裡買。李立中瞄了一眼門外的周郁芬，輕輕把門關上。

那一天晚上，李立中睡得很沉。

第二天，李立中出門前說他不會回家吃晚餐，要去光華商場買些電腦用品，周郁芬只是點點頭，就好像真的什麼都不知道。

李立中不錯是去了光華商場，他找到學弟告訴他的店，那老闆問得仔細，又付足了錢，李立中才拿到提貨的地址。老闆告訴李立中，他要的東西，那邊會有人做售後服務。老闆說，那小子很聰明，工夫比我厲害，現在的小孩真的不能小覷，不過最神的是，他是官二代耶，他爸是洪啟瑞。

李立中想，我管你爸是誰，你能攪定我要的東西就成了，不過，洪啟瑞？洪啟瑞這名字就是揮之不去，洪啟瑞洪啟瑞……。想起來了，就是能把他帶到聚會上，已經可以讓金理高自誇的厲害人物。

李立中從市民大道走到長安東路的巷弄裡，爬了五層樓梯到達頂樓加蓋的小房子，進去看到那好幾列好幾層的電腦螢幕，本來的氣喘吁吁都變了屏息靜氣，這根本就是影視劇集裡的場景，黑客工作室。洪安安按部就班教李立中如何安裝，李立中卻是心不在焉，洪安安察覺了，停下來，李立中盯著他，問，你爸上星期是不是跟金理高一塊喝酒？

洪安安按動其中一部電腦，在鍵盤輸入一堆密碼，畫面上出現了訊息畫面，發訊息的人，正是金理高，內容是約定晚上八點在三五三巷的俱樂部見。李立中看明白了，這是洪啟瑞的手機。李立中瞠目結舌。洪安安把畫面收起，對李立中說，是的，我爸跟金理高去喝酒了，現在你可以專心聽我教你如何把這堆小玩意安裝和接駁到電腦上嗎？

2023

陳慧《小暴力》#8：《李立中旬洪

九：洪啟瑞與周郁芬

1. 在洪安安臭著臉但清晰簡潔的解說下，監聽器材的安裝，就像一種應該人人都在使用的簡易電子工具與技術，這化解了李立中的不安。當李立中知道洪安安念的是三類醫科班，就對他說，你哪天需要補習化學，找我，我是嘉義市的高考狀元，化學滿分。洪安安說，用不著，我爸快要送我出國。

離去之前，洪安安問，你是在什麼時候動念要偷聽？李立中答，就這兩天。洪安安說，別太急躁，先觀察，選好位置，挑對時間再安裝。洪安安沒多作解釋，李立中卻也明白他的意思，太著緊反而容易露出馬腳。這孩子真聰明。李立中想要給洪安安小費打賞，不過想到洪啟瑞是他爸爸，他在這裡不見得是為了賺錢。他一定有他的理由。最後李立中揮手開門走出，洪安安朝他背影喊，安裝上有任何問題，儘管找我。

李立中對洪安安生出莫名的好感，這並不常見。他就是覺察到在洪安安身上，有些什麼，與他極為相似。二人的家庭背景與成長，差異很大，那微小的相似，大概就是，毫不掩飾，甚至可以說是張揚的不快樂。

李立中的不快樂，經年累月下來，大家只將之看成是沒禮貌和壞脾氣，無人察覺，那是因為李立中總覺得自己的付出與收穫，不成正比。至於洪安安，他當然不快樂，他快要跟大順離別了，大概就在夏天來到的時候。

當洪安安三天之後和大順雙雙被抓，那突如其來的創痛，才令他發現，之前自己所展現的不快樂，是如此的輕率、愚笨且可笑。

李立中在周郁芬去領獎的那天晚上，按洪安安教他的，在金理高和小正的辦公桌下安置了電子監聽器，那已經是他買回來這些電子儀器的三週之後。只要系辦的無線網路一直保持連線狀態，小正和金理高在辦公室說的所有話，都會傳到李立中家中的電腦儲存起來。一切順利。不過就算出了任何問題，李立中都只能自己解決，因為洪安安已給洪啟瑞關在家裡。學弟介紹給他的老闆，大概也聽聞了洪安安被爸爸抓住的事情，乾脆收了店，避風頭。

從此之後，李立中每天晚上從學校回到家裡，都會先躲在房間裡，埋首電腦。好像李立中為了當上系主任這事情，平白多了很多需要處理的文書工作。晚飯也必須推遲，周郁芬沒意見，李立中高興就好。

李立中在餐桌上的話也比過去多，很多時候，就是在他回家躲在房間埋首電腦之後，他都會聊起金理高，彷彿他現在新開了一門課，叫「金理高研究」。

這一天晚上，李立中比平日更晚才來到餐桌旁，習慣一天吃一頓正餐的周郁芬快要血糖下降。李立中喝著翻熱的蛤蜊湯，絲毫不介意桌上食物都有點烹煮過度，一味興致勃勃地跟周郁芬說，金理高的學生，蔡志強，剛當選立法委員的，他的博士論文，嘿，是抄襲的。

2.

在一個毫無新意的週三晚上，署名kickprof的作者在批踢踢上發表了蔡志強博士論文抄襲的文章。大概是八、九點鐘吧，本來只在閒聊分類內，不過晚餐的碗盤還沒洗好，就登上熱門看板。大概是因為蔡志強剛當選立法委員，還牽扯到那快將成立的政黨，說原來一直在背後支持著蔡志強。討論很熱烈，後續發言將指導教授金理高也拉進來，說他本來就是學院裡很懂跟政經界打交道的教授。宵夜時間，臉書上已有人在討論，還標註了金理高。

第二天一早，李立中回到辦公室，小正已坐在辦公桌前，臉如死灰。順步踱到金理高辦公室外，伸頭入內，見金理高在摔文件，看來是在生氣。李立中問了一句，怎麼啦？又有學生過了死線交不出報告？金理高想說什麼，打住，想了一下，問，你沒看臉書？李立中搔搔頭，說，你知道我對那些社交平台沒興趣。金理高看來也對李立中沒興趣，朝室外揚聲喊，小正……

小正連奔帶跑走來，李立中急忙讓開，小正剛走進辦公室，李立中立刻得體地將門帶上，金理高罵小正的聲音已穿門而出。系辦其他人員都感受到了不安，交頭接耳著，唯李立中如常準備開始一天的講課。

不急，今天晚上回家慢慢聽好了。

吃晚飯的時候，李立中有點得意地對周郁芬說，金理高懷疑批踢踢上的文章是小正寫的。為什麼？因為之前金理高向小正提過，要是當了系主任就不會跟他續約，小正心生不滿，就上批踢踢上寫文章了。小正怎麼會知道蔡志強的論文是抄襲的？事情是這樣的，金理高在跟蔡志強通電話，小正剛好拿文件給他簽署，他簽好了，小正離去，但並沒將門關上，金理高有理由相信，小正一直在走廊上偷聽他跟蔡志強的對話，而這通電話，剛好就是蔡志強打來向他坦白，他指導的畢業論文，恐怕會被人抓到是抄襲的，金理高是這樣說的，我叫你參考，你幹嘛剪貼，你抄也不會抄得高明一點……？又說，都已經放在國圖裡，誰能把它藏起來或是拿出來修改……？所以那小正是真的有在偷聽？對，而且他還將聽來的跟小莉說了。小莉？誰？新來的助教。你不是說叫小梅的嗎？哦，我記錯了，是小莉。

所以批踢踢上那篇文章真的是小正寫的？

李立中聳聳肩，起身離席，反問了周郁芬一句，重要嗎？周郁芬看著李立中的背影走進房間，關上門，她轉身將切好的水果放到冰箱裡。她知道他在偷聽，也知道他知道她知道，她就是不想看見。

這一晚，李立中聽見了已漸漸生出熟悉感覺的名字，洪啟瑞。金理高又打給了蔡志強，說他會安排，讓他盡快去見洪啟瑞，說洪啟瑞能擺平這件事情。原來洪啟瑞有這樣的影響力。李立中不禁想起洪安安，好不好找洪安安，叫他跟爸爸說，不要跟金理高見面？

3.

洪安安被洪啟瑞困在家裡的日子，只要他清醒，洪啟瑞沒在揍他，他就在讀字。他大聲念出他看見的每一個字，這是他從現實中逃逸的唯一方法。

有一天，洪安安翻出電鍋的保用證和使用說明書在讀，洪啟瑞瞪著他，罵了一句，神經病。當天晚上，洪啟瑞將周郁芬親筆簽名的《小暴力》丟給洪安安，洪安安如獲至寶。

洪安安花了三天，將《小暴力》逐字念完，讀得唇乾舌燥。期間不停喝水，頻頻上廁所，讀完之後，上床沉沉睡了十多小時。醒來拉開窗簾，天清氣朗。

洪啟瑞此時已出門，洪安安烤了吐司，又打開了咖啡機。咖啡機在咕通咕通吐咖啡的時候，洪安安有那麼一下子想起了大順，眼淚就來了。洪安安靜地在吐司上抹奶油，眼淚就乾了。洪安安吃完吐司喝完咖啡，抓起《小暴力》重看。這次沒讀出聲，只是默默的看，看得極慢，看了一個多星期才把小說看完。期間只吃烤吐司，洪啟瑞也少理他。

當天晚上，洪安安在客廳等著洪啟瑞回家，對洪啟瑞說，我明天要上外公家，我會將桃花庵歌扇面拿回來給你。說完就回房裡。

第二天，洪啟瑞叫助理陪著洪安安上外公家，叮囑不可以讓洪安安使用電話和電腦。

洪安安到了外公家，先去把題了《桃花庵歌》的摺扇收起，然後就進了書房，蹲在書架前搜尋。終於，洪安安找到了，薄薄一本，書頁泛黃，打開細看，果然是這一本，《無盡溫柔》，作者是周麗。

洪安安將摺扇交給洪啟瑞，問，你還想要什麼？洪啟瑞一愣，沉吟良久，說，你知道送你去美國前我不會放你出門。洪安安說，我想見周郁芬。誰？你兩週前頒獎給人家的。哦，那個寫小說、酒量很好的女人。

陳慧《小暴力》#9《波塔端詳圓郁塔》 遠 2023

十：周郁芬與洪安安

1.

洪啟瑞拿到《三官出巡圖》的當天晚上，就給周郁芬掛了電話，說喜愛文學的兒子想向周郁芬當面討教。周郁芬禮貌婉拒，洪啟瑞很客氣，一味的要求著，周郁芬說了一堆無法前來的理由，他都沒聽進去，重複的說洪安安想跟她見面，潛台詞就是，我叫你來。周郁芬知道無法推辭，最後答應了翌日下午到洪府去，那是星期天，周郁芬故意的，要洪啟瑞在場，她不能推卻，他也休想出去玩。

周郁芬在午飯之後到達洪宅，洪安安拿出他寫的詩，周郁芬有些詫異，沒想過洪啟瑞的兒子真的是愛文學的少年。二人熱絡交談，洪啟瑞坐在旁邊，幾乎要打呵欠，未幾自行帶上一杯加了冰的威士忌走進音響室，沒再理會周郁芬和洪安安。

音響室的門才剛關上，洪安安就對周郁芬說，我看了一本小說，周麗寫的《無盡溫柔》。周郁芬頃刻凝住。洪安安打量她，說，所以，你抄襲？

周郁芬問，你想怎樣？洪安安答得乾脆，帶我走。

洪安安說話時視線沒離開過音響室的門，他轉身背對周郁芬，將上衣拉起。周郁芬一下子沒看明白，心想洪安安的背真是髒，不過很快就懂了，只覺得無法置信，但事實那確是笞痕。洪安安小聲說，我爸禁錮我。周郁芬心抽緊一下，不好意思的不應該是你，是你爸。

在音響室睡著的洪啟瑞被來電吵醒，有點攪不清楚狀況，只知道來電的是周郁芬，鎮定下來，若無其事地連連說著好，又說，麻煩你了周老師。洪啟瑞掛掉電話，睡意未退，隨手關機，在沙發躺倒，轉眼打呼。

洪啟瑞從音響室走出來的時候，一室漆黑，他摸索著打開燈掣，發現原來已是晚上八時，這才想起自己把手機關掉了。重新打開手機之後，跳出一大堆來電未接，應該就是打來提醒他今天晚上的酒局。

洪啟瑞走進浴室裡，開了蓮蓬頭，在熱水下呆站了好幾分鐘，有點怪自己貪睡，睡過了頭，如今頭暈腦脹，就跟宿醉未醒的狀態沒兩樣。洪啟瑞悶悶不樂著，也不知道在生誰的氣，心想待會洪安安最好別出現在跟前……。

洪啟瑞頃刻清醒過來，擦乾身子搜遍全屋，沒尋著洪安安的影子。

洪啟瑞翻看通話紀錄，接通了六個小時前的一通陌生來電。

周老師？

嗯，我是，洪委員長您好。

你把洪安安帶走了？

咦，我不是跟你說帶他去文學營跟前輩交流一下嗎？你答應了，還說很好。

洪啟瑞扯了自己的頭髮，惱怒，強忍著，禮貌續說，我只是沒想過你們這麼快就離開，剛才沒聽清楚，文學營是在哪裡舉行？

哦，在花蓮縣的秀林鄉，布洛灣吊橋附近，我們已經在進山的路上，住宿都安排好了，你不用擔心。

洪啟瑞壓抑怒氣，說，請你明天把他帶回家。電話裡的周郁芬語氣裡竟透著不耐煩，不可以啊，好幾位前輩明天才上山，他們知道詩作出自你兒子的手筆，都想見一下洪安安，我們明天是不可能回到台北的。

洪啟瑞想，他們要見洪安安，不是因為他寫的破詩，是因為他們知道他是我的兒子。周郁芬那邊「喂」了一下，洪啟瑞回過神來，誠懇地向周郁芬請求著，請周老師明天務必將他送回台北，拜託你，最後，請你讓我跟安安說兩句。

2.

周郁芬帶洪安安下樓的時候，洪安安一眼認出了停在對街小巷前的小汽車，就是當天晚上將他自山上接回家的。是小顧。洪安安走到車旁，發現小顧睡著了，睡得很熟，他去拉後方的車門，沒能打開。

洪安安不慌不忙，從背包中取出一個捲起來的小包，很精緻，皮質，以皮繩繞好，洪安安解開了，攤在車頭蓋上，原來是類似人家裝雕刻刀的工具包，不過包裡裝的不是雕刻刀，而是好幾支鋼製的小工具。只見洪安安取出其中一支，在後方車門的門鎖位置撩撥了幾下，車門竟被洪安安打開。周郁芬懂了，那不是一般的工具，那是開鎖用的撥片。周郁芬奇怪洪安安從何處弄來這樣的工具。洪安安大模大樣坐上後座，招手叫周郁芬也上車。周郁芬微微覺著不妥，不過這個下午荒謬的事情真不少，多這一樁也不見得壞到哪裡去，而且周郁芬心裡清楚，她喜歡。她喜歡一切意想不到的遭遇。她喜歡洪安安這小孩，她希望自己的兒子就像洪安安，聰明、機靈、放恣，而且懂得招架現實，逃出生天。

小顧是在洪安安將車門關上，聞聲才醒過來，當他轉身發現後座的安安，驚喜交集。洪安安說，哥你最近睡得不好吧？小顧點頭，我沒鎖車門嗎？洪安安讓他看工具皮包。小顧問，誰給你的？不會又是大順吧？洪安安眼神溫柔，說，這是他送我的訂情信物。

周郁芬大感興趣，只差沒掏出小札做筆記，抬眼見小顧看著她，二人彼此打量。洪安安向小顧解釋，是她把我救出來的。

你爸真的一直關著你？洪安安點頭，說，我要見大順。

小顧把身子轉回去，洪安安伸手抱緊了小顧，哥你幫我，嗚，幫人家嘛，嗚……。小顧有些反應不過來，想掙扎，卻逃不開，只能一直說，別別別，你別要這樣嘛，你停手我叫你停手……。

洪安安忽然停下來，跟小顧說，手機給我。

小顧狐疑，從後照鏡中與洪安安對視著，這小孩的眼神依然清明。小顧真的向洪安安遞出了手機。洪安安問，哥你的手機是網路吃到飽？小顧點頭。洪安安低頭不知道在弄什麼，小叮噹一直在響，小顧想搶回來，洪安安不讓，閃躲著，手上動作沒停過。末了將手機歸還給小顧，小顧急忙查看，只見手機多了很多頁面，並不是他原本手機該有的。

洪安安解釋，現在你的手機跟我爸的手機同步了，你再也不用在這裡蹲點。

3.

小顧將安安和周郁芬載去新店，路上他聯繫了一位學弟，現屬新店戒治所的戒護科。這學弟學歷只有高中，作風沉穩踏實，對警察工作是有抱負的，但沒想過正式當上巡警後卻適應不良，沒多久就聽說轉投到法務部矯正署。他轉投矯正署之前，曾經找小顧去喝酒，問了小顧對此事的看法，小顧就說，好啊。二人邊碰杯邊吃著下酒菜，話不多，卻生出了親近與了解。這學弟到了矯正署，大概每個月都會找小顧喝一次酒，聊天也是有一句沒一句的。仍是蹲點？嗯。仍在新店？嗯。誰誰誰是你抓的？嗯。誰誰誰就在你所裡？嗯。要是不夠互相了解，還真的聊不下去。

也是這學弟告訴小顧，白大順關在新店。小顧在電話裡跟學弟說，我手邊有個證人，要跟白大順對一下供詞，我已在路上，你安排一下。

小顧駛過碧潭大橋時，已見暮色，再往前走，路的兩旁什麼也沒有，淒涼蒼茫，最後停在戒治所旁，他和安安下車，叫周郁芬在車裡等候。

周郁芬幾乎睡著的時候，電話響起，來電的是陌生電話號碼，周郁芬猶疑了一下，最後還是接聽了。電話那頭是個男的，請問是周郁芬嗎？一聽就知道不是台灣人。周郁芬有些戒心，你哪裡找？對方說，我係夏木。說的是廣東話。

一個多小時之後，小顧領著洪安安出來。安安邊走邊以手背擦臉上的淚，嗚咽著跟倚在車邊的周郁芬訴說，大順不願見我。周郁芬沒理他，洪安安這才發現周郁芬在談電話，電話那頭是洪啟瑞。洪安安止住眼淚，耐著性子聽周郁芬與洪啟瑞的對話，最後周郁芬將電話遞給安安，你爸要跟你談。洪安安接過電話，沒等洪啟瑞開腔就說，我明天不會回來，我回來之後會上外公家給你帶東西，ok？

洪安安掛斷電話後，小顧、周郁芬都沒說話，三人各自在想事情。周郁芬開始伸手打蚊子，小顧說，先上車。小顧開車，駛過碧潭大橋，安安問，我們要去哪？周郁芬說，方便的話，請送我去台北車站。安安再問，你要去哪？周郁芬答，花蓮。安安說，我以為你騙我爸爸而已，所以我們要上山？周郁芬說，不對，要去海邊。幹嘛去海邊？去見夏木。夏木是誰？我兒子。

陳慧《小暴力》#10《周郁芬的淡安安》

十一：洪安安與夏木

1\. 火車開動不久，就有人送來便當。周郁芬訂票的時候同時訂了的，一個排骨，一個素食，讓洪安安挑，沒想到洪安安挑了素食便當。

洪安安就似餓壞了的孩子，周郁芬看著他狼吞虎嚥，於是將便當裡的滷蛋挑出來給他。洪安安好像都沒咬就整顆吞下肚。周郁芬皺眉遞給安安水瓶，安安接過，扭開瓶蓋，咕通咕通就灌下半瓶。不到五分鐘，洪安安已吃完他的素食便當，周郁芬還沒動她的。周郁芬就問洪安安，要不要吃我這個？洪安安搖頭，說，我不吃肉。周郁芬好奇，但沒追問，開始吃排骨便當，邊吃邊看窗外黑暗中的風景，回過頭來，卻發現洪安安一直在看著她，看得津津有味。周郁芬問，你還想吃？洪安安搖頭，笑容真誠，說，好久沒看見過有人在我面前吃飯。不知如何，周郁芬一聽，心裡竟一軟。

周郁芬端詳洪安安，一頭迷走於叢林中的孤單小獸；無所畏，爪子鋒利。

周郁芬問，你是什麼時候開始不吃肉的？安安答，外公死了之後。為了外公的緣故？不，是我爸開始打我，往死裡打，只是沒人會看得出來，我就想，要是我營養不良，暈倒在街上，人們把我送去醫院，就會有人看到我身上的傷痕了。周郁芬將咬了一半的排骨硬塞給洪安安，說，我今天看到了，你再也不用把自己弄成營養不良。

洪安安吃著周郁芬給的半塊排骨，問，為什麼你要去見你的兒子？周郁芬看車窗上自己朦朧的倒影，一下子沒認出來是過去還是現在，人有些怔忡。洪安安又問了一遍，你多久沒見過你兒子？周郁芬回過神來，說，十七年。換洪安安呆了一呆，好一會才說出一字，哇。

周郁芬闔上眼裝睡，洪安安卻發問，為什麼？周郁芬仍是閉眼，回問，什麼為什麼？洪安安的語氣，好奇滲著責難，你怎麼可以這麼久不跟兒子見面？他給拐了嗎？

沒有，是我離開了。你丟下你的孩子自顧自走了？嗯。像我媽。你媽也是離家出走？也不算是，因為我不知道她出門的時候，是否想定了再也不要回來。所以她是怎麼一回事？她開了我爸的跑車，在應該直走的地方拐了個彎，撞上了山。哦。

洪安安說完就闔上眼，周郁芬打量他，那睫毛真長，又過了一會，有細細的淚珠，沿那長長的睫毛掉落。

周郁芬說，其實呢，很多時候，事情的發生，並不是一早想定的。

洪安安的臉，毫無動靜，仍是閉著眼，冷冷一句，所以，你原先並沒想過出走，後來卻離開了？

周郁芬回答，對。

洪安安端正身子，雙手交疊胸前，瞪視著周郁芬。周郁芬嘆一口氣，說，我本來只是想上街去買包香煙……。

在周郁芬的記憶中，那秋日午後就恍似電影場景，加了金黃的濾鏡，並且影像播放的時間被延長了，一切成了慢動作。她從便利店店員手中接過香煙，店員朝她笑了一下，她微微感到錯愕，取過香煙轉身就走。她走到店外，打開香煙包，抽出一根，啣住，點火，吸一口，麻雀低飛而過，她抬頭吐出白色的煙霧，看見陽光透過樹葉枝椏洒下，真的好美。一輛的士駛過，後座穿校服的女孩臉貼在車窗上，不悅的瞪著她看。她感到久違的暢快，一念之間，她掉頭往走來的相反方向走。很快的，周郁芬奔跑起來，大概跑了十五分鐘，她就回到了父親的家。父親不悅的瞪著她看，一如過去她跟他生活在一起的光景，好像過去三年，她一直都在這房子裡。

洪安安問，然後你就沒再回去夏木的那個家？周郁芬點頭。洪安安不客氣的拉過周郁芬的圍巾，蓋住自己的頭側身躺下，周郁芬清楚聽見從絲與羊毛的細密纖維下傳出一句話，夏木當你的兒子，真慘。

2.

三個小時前，小顧的車停在台北車站外的落客區。員警上前催促小顧把車開走，小顧亮出自己的刑警證，員警默默走開。第二次再有員警上前來的時候，小顧默默把車開走。小顧開車繞了一大圈，車上三人都沒有說話，眼看快要回到台北車站時，周郁芬對小顧說，你找個地方停一下。小顧把車駛到紀念公園旁，晚上清冷，路人不多。小顧原以為周郁芬是要跟大家商量事情，只是車一停定，周郁芬什麼都沒說就開門下車。小顧和洪安安都有點反應不過來，看見周郁芬朝捷運站跑，才下車追過去。

周郁芬被洪安安從後抱住的時候，是嚇一大跳的，小顧也沒想過洪安安的跑速這麼厲害。路人停下，狐疑發生了什麼事情，洪安安雙手仍是抱緊周郁芬，擠出笑容解釋道，我媽在生我的氣。周郁芬錯愕，路人走開，後來趕到的小顧與洪安安就把周郁芬挾回車上去。

周郁芬只一句話，洪安安不能跟我去花蓮。

洪安安開始哭，嗚一下，然後嗚嗚嗚嗚，像一頭奇怪的鳥，不住在盤旋，讓人心煩意亂。小顧墊著洪安安的哭聲跟周郁芬討論，聲線沒提高，平緩說出，你知道，他是不能回家的，他爸會把他打死。周郁芬生氣了，聽說你是警察耶。

周郁芬沒想到小顧是這麼鎮定從容的人，他耐著性子，在洪安安擾人的哭聲下，逐一向周郁芬解釋；他是一個怎樣的刑警、他如何遇上洪安安、洪啟瑞是一個怎樣的人、他要如何對付洪啟瑞……。結論就是，他無法把洪安安帶在身邊，也不能就這樣把洪安安送回家。

周郁芬沉吟，我是要把他帶在身邊多久？小顧回答，我希望一週內把事情攪定，最晚十天。

洪安安早已把小顧車上的衛生紙用光，擦淚擤鼻涕，此刻仍在抽抽噎噎，聽了小顧的話，就問道，所以我之後就可以回家？我爸呢？他去哪？小顧露出了運動員站在頒獎台上領金牌才有的陽光笑容，說，他會被關起來。

周郁芬說不出來為什麼會相信小顧，或許她只是願意相信事情是按著小顧計劃的發生。周郁芬說，好吧，你可以跟我去花蓮，但你要聽我的。

洪安安卻說，我不要去花蓮，我們為什麼一定要去花蓮？花蓮是你說出來騙我爸的，我才不要去，我爸能有本事翻轉花蓮找到我和你，不去花蓮！

周郁芬沒好氣，我說過，我要去花蓮見我兒子，他在花蓮等著我。

洪安安恨恨的說，夏木去死。

3.

廣播響起說列車快要抵達花蓮的時候，洪安安睡得正熟，甚至發出了低勻的打呼聲。周郁芬輕輕打了洪安安的臉龐一下，她仍是沒法忘記他說的那句「夏木去死」。當時就已經想要抽他耳光，只是小顧反應實在是快，將她還沒舉起的手壓下來。她會記得那篤定穩實的觸感，小顧想要做的事情，大概都能完成。

火車停靠月台時發出的尖拔哨響也沒將洪安安吵醒。周郁芬看著他，不是沒想過就這樣將他丟在列車上。洪啟瑞很快就會找到他，把他接回家，大概又會是一頓打……，小顧不是說好了嗎？只要一週，最多十天，洪安安應該可以忍受下來……。

乘客開始登車，周郁芬使勁將洪安安搖醒，拚命將惺忪的洪安安拉出車廂，洪安安幾乎被周郁芬的圍巾絆倒，最後跌坐在月台上。二人身後的列車，門已嚴嚴關上，徐徐開行。

周郁芬將一臉不爽的洪安安推進計程車車廂，計程車朝港口駛去。深夜的海岸路寂靜，周郁芬忍不住說了一句，你知道你有下床氣嗎？她原以為洪安安會問，你說什麼？沒想到洪安安卻說，我知道，大順跟我提過，他會哄我。周郁芬斜睨了安安一眼，哦，所以你現在是要紀念他？洪安安不示弱，說，你現在終於有點像寫小說的。周郁芬回噴，大順會懂你的詩嗎？洪安安說，我就是靠在他店裡的牆上寫詩，把他勾引過來的……。

二人還在鬥嘴，計程車就停下來了。周郁芬下了車，看見「海濱大旅館」的招牌，一幢陳舊的三層高建築物，是這裡沒錯。推門進去，燈光昏黯，沒看見櫃台人員，也沒有服務生，一個人也沒有。洪安安忽然拉一下周郁芬的衣袖，周郁芬回頭，看見一個男生，一身的黑，黑連帽衣黑褲黑棒球帽黑球鞋，臉色蒼白，直直的看著周郁芬。

洪安安問，他就是夏木？

周郁芬沒來由地心生怯意，說，我不知道。說完竟有暈眩的感覺，想要扶住櫃台，身子竟倒下了，倒下之前聽見洪安安說，他真好看。

陳慧《小暴力》#11：《洪安安的夏天》

十二：夏木與周郁芬

1.

周郁芬半睜開眼，忍不住嘀咕，為什麼不把窗帘拉上……？人還沒醒過來就知道今天的天氣真好，陽光都在跳舞，閃亮閃亮。周郁芬移動了一下，渾身瘦痛，病倒的感覺。有些什麼正從額角滑落，沁涼的，剛意識到那是冰敷袋，就有一隻手伸過來接住。她抬眼，夏木正俯身查看她。

夏木說，你一直發燒。說的是廣東話。

周郁芬想回話，但喉嚨乾涸，下床找水喝，才發現自己鞋也沒脫，和衣躺在被蓋上，被蓋另一邊則被掀起包覆在她身上。兩個男孩都不敢碰她的身子，就算她是病人，就算她是夏木的母親，就算安安對女體根本無感。周郁芬站起，身子發軟，夏木反應很快，周郁芬還沒作勢跌下已將她抱住。夏木的手不及小顧的厚實，他的動作輕緩，卻是有力度的。夏木抱著周郁芬，一動不動，周郁芬察覺他的呼吸變沉重了，就說，你放輕鬆。夏木這才回過神來扶周郁芬在椅子坐下。

夏木端過來一杯開水，交在周郁芬手裡，將周郁芬的手包覆著杯子。暖和。周郁芬訝異夏木的貼心，他日常有在照料年長的人嗎？

周郁芬坐在陽光下喝著水，夏木站在她身前一呎距離處，雙手放身後，拘謹的狀態。周郁芬環視室內，原來就只有她坐著的一把椅子和一張有扶手的沙發，她起身移往沙發，示意夏木在椅子坐下。夏木將椅子拉到沙發前，周郁芬抬眼看他，身上仍是昨晚在旅館大堂初見時的黑色衣著。

周郁芬問，你昨晚有睡覺嗎？夏木搖頭，與她對視。周郁芬細細端詳他，他有好看的眼睛，不知道是不是沒睡覺的緣故，眼皮有些浮腫，像剛哭過，她知道，這叫桃花眼，笑起來會瞇。就像他爸。從前大家都說嬰兒夏木的五官是她的翻版，夏平安曾為此不悅，為父的莫名妒意。有說孩子跟誰相處多了，樣子會跟著改變，是這樣嗎？所以他長得像夏平安？周郁芬發現自己記不起來夏平安的容貌，她身邊一張夏平安的照片都沒有，當然她仍會認得他，只是就像電影中的中遠鏡，糢糊的，只能記認一種神情，笑或是生氣。

周郁芬又問，你爸知道你來找我嗎？

夏木站起，在靠在牆邊的登山背包中翻尋物件，然後將一件小東西揣在掌心握住，走到周郁芬跟前，周郁芬很自然就伸出手來，夏木將掛著方型吊墜盒的項鍊放在周郁芬掌中。

銀製的方型吊墜盒上有拱門的紋飾，拱門上有字，以哥德體寫著「a step to heaven」。似曾相識。

周郁芬將吊墜盒打開，裡面一幀雙人合照，一男一女，她很快認出了那女的是自己，幾疑照片是電腦合成，後來明白了，那男的是夏平安。只是周郁芬真的記不起來曾與夏平安有過這樣的合照。夏木說，佢五年前已經過身。

周郁芬抬頭看著夏木，眼前人如非主動相認，也就只是陌生人，而夏平安，她有多少年沒想起過他……？周郁芬忽然想起小時候看過的故事，紂王要比干挖心給妲己治病，比干真的摘了自己的「七竅玲瓏心」給紂王，無事人一樣用衣袍蓋住胸膛就策馬回家，卻在路上遇見喬裝成賣菜婦的妲己在叫賣空心菜，比干忍不住問，菜空心仍長得青翠，人無心可活嗎？妲己就說，當然不可以，你的心弄丟了嗎……？周郁芬五臟六腑深處，有些什麼被切走了，只是一直不察覺，如今被提醒，撕心的痛。原來。她深吸了一口氣，屏息，吐氣時淚水無法遏止地流下，像關不起來的水龍頭，一直流一直流。

良久，周郁芬回過神來，問夏木，你還好嗎？

夏木笑了，周郁芬不解，夏木說，你知唔知你一直同我講國語？

2.

洪安安卻要跟夏木講廣東話，半鹹淡。

當時周郁芬正要倒下，夏木已箭步來到二人跟前，他推開一臉無措的洪安安，扶住了周郁芬。

洪安安追問，泥係下慕？係唔係？洪安安荒腔走調的廣東話，把夏木攪糊塗。他一手摻扶住步履不穩的周郁芬，一手掏口袋取出客房鎖匙遞給洪安安，同時用咬音不正的國語問，你是誰？

洪安安幫忙夏木扶著周郁芬乘電梯來到三樓的客房，一邊走一邊告訴夏木他是誰。仍是堅持用大順教他的廣東話，聽得夏木直皺眉。夏木說，你還是說國語好了。洪安安盯著夏木，一臉不服氣，不知道想要證明什麼似的，說，你可以講廣東話，我聽得懂。

夏木跟櫃台借來了量體溫計，旅館職員微微不安，不是染疫吧？周郁芬果然是發燒。夏木強調，只是路上太勞累。又去借了冰敷袋，與洪安安合力安頓周郁芬在床上躺下。周郁芬後腦勺才碰到枕頭，就沉沉睡去。

洪安安說，她今天也真是夠累。

夏木說，我細個聽大人講，佢每逢受到驚嚇，就會發燒。

二人就這樣以國語和廣東話在交談。洪安安從周郁芬來他家把他帶走說起，不能不提到洪啟瑞的家暴，還有媽媽和外公，然後就是與大順的種種，還有小顧。洪安安滔滔不絕，其間二人一起去超商為周郁芬買退燒藥，又吃了泡麵，喝光了兩罐「十八天」，洪安安才算是把事情說清楚。

洪安安打了個噎，坐在沙發問倚在床邊的夏木，那你呢？

夏木低頭，說，我係佢個仔囉。

洪安安不滿足，多說一點，為什麼你們這麼多年沒見面？我知道她跑了，但究竟發生了什麼事？

夏木沉默。黑暗中，洪安安與夏木對視，說，你知道嗎？你的出現，於我就像是一種安慰與補償，就算無法與大順見面，好像也沒有那麼痛了。

夏木像下了很大的決心，從放在牆角的背包裡掏出了護照，遞給洪安安。洪安安接過，就著窗外照進來的海上月光打開一看，即時亮著了燈再細細審視，吃驚得只會瞪著夏木看。

夏木收起護照，說，我無路可逃。

洪安安上前，向夏木伸出雙臂，那是結實的擁抱。

3.

夏木的問題讓周郁芬怔住，結巴地說，原來我一直同你講國語……。這一次講的是廣東話。

夏木又笑了，抱著頭，像成功捉弄大人的孩子。周郁芬站起，將夏木擁在懷中，夏木的頭就枕在她胸前。良久，夏木伸手抱緊了周郁芬的身軀，有細碎的嗚咽自他胸臆吁出。房門打開，洪安安進來，手上提著買給周郁芬吃的廣東粥，看著相依的兩人，一臉驚愕。

洪安安盯著夏木，夏木沒迴避。周郁芬察覺二人的對視中有耐人尋味的敵意，她忍不住對洪安安說，你別這樣瞪夏木。

夏木徐徐放開了周郁芬，起身去接過洪安安手上的膠袋，說，唔該晒。洪安安仍舊瞪著夏木，周郁芬不解。

周郁芬吃了粥，又吃了藥。夏木與洪安安在旁，始終不發一語。洪安安的視線沒離開過夏木，夏木卻是拒絕與他四目交投。周郁芬好想知道二人是怎麼一回事，但倦意湧至，她和衣在床邊躺下，心裡暗忖，我醒過來之後，一定要問個明白。

周郁芬聽見開門關門的聲音，勉強睜開眼，就見夏平安坐在床畔。仍是她當天出門要去買煙時，他從房間伸頭出來探看的樣子。周郁芬看著他，說，我想不起來，你最後對我說的那句話是什麼。話一出口就察覺自己說的是國語，又用廣東話說了一遍，我諗唔起你最後同我講過乜。夏平安沒回答，似笑非笑，那表情居然與夏木有幾分相像。周郁芬張口想說話，夏平安卻將手覆在她雙眼上，觸感清涼，於是她乖乖閉上了眼……。

午後陽光燦爛，周郁芬爬起床，伸了個懶腰，只覺得身子沒再那麼沉。病去如抽絲。她走到窗邊，原打算將窗簾拉上，往下一瞧，就見不遠處海邊兩個少年在嬉戲。舉手擋住陽光，看清楚了，是夏木與洪安安。太平洋波光粼粼，周郁芬彷彿能聽到洪安安與夏木的笑語。看見二人相處歡快，讓她心情舒暢。又過了一會，卻發現遠處傳來的笑語中，夾雜了古怪的音頻，半晌才察覺其實那是手機調到靜音後的來電震動聲響。原來她的手機被取出放在桌上，接上了充電器，此刻剛好有來電。

來電的是李立中，周郁芬只覺得這通電話猶如來自平行世界。

陳義芝《小暴力》井汜《夏木心

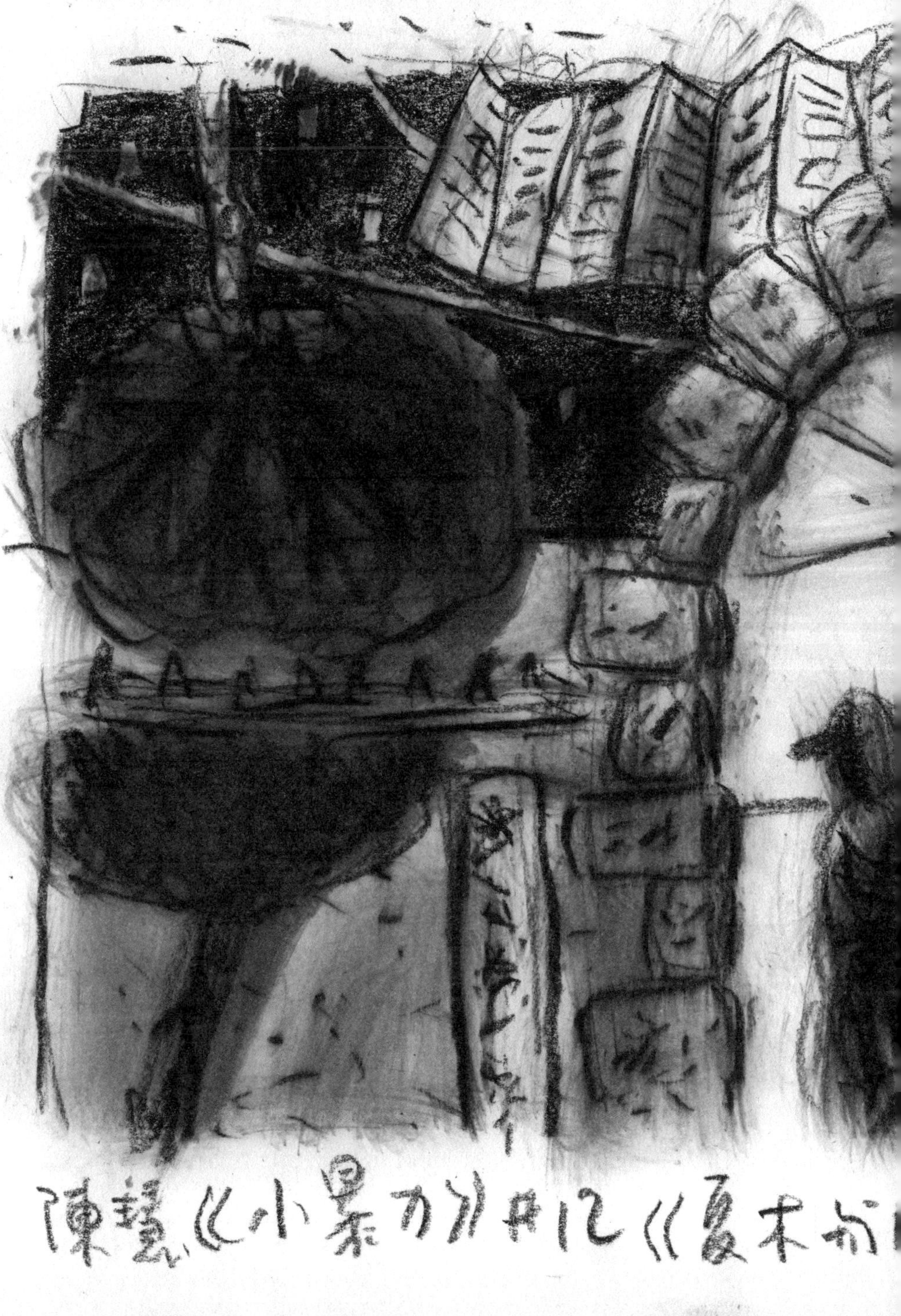

十三：李立中與夏木

1. 夏木掏出鎖匙想要打開房門的時候，洪安安一把將他拉住，食指放唇上做了要他噤聲的動作。果然沒聽錯，從房中傳出了男人說話的聲音。二人附耳在房門上細聽，只有那男的在說話，完全沒聽到周郁芬的回答，那男的就像上司似的在吩咐周郁芬辦事情，要她何時到哪裡，好像還要帶上些什麼，詳情聽不清楚。夏木小聲問，你爸？洪安安搖頭。二人都有點僵住，不知如何是好。

二人對視良久，夏木忽然毫無預警就把鎖匙插進匙孔把門打開，動作極快。洪安安叫了一下，既非喝止也不是驚呼，隨即掩面閃進走廊的凹處。夏木發現房間裡出乎意料只周郁芬一人，難掩一臉的驚愕。周郁芬捧著手機，看著夏木，也是不明所以。

男人仍在說話，聲音嘹亮。男人在手機的留言訊息裡。

洪安安在走廊凹處伸頭出來探看，夏木一手抓住他的衣領將他拉進房間。

留言訊息裡的男人仍在喋喋不休：你把時間記下來沒有？我再說一遍，星期二下午，這日期不能更改，你不要晚過一點半來到，西翼的教學大樓，就是上次……。周郁芬沒讓男人說完，把手機關掉。洪安安問，所以一直是他在說話？周郁芬點頭，一臉不耐煩。洪安安說，他說了好久耶。周郁芬沒好氣，他一共留了七段訊息給我。洪安安好奇，他是誰？

周郁芬看了夏木一眼，說，我丈夫。夏木別過臉去。

洪安安盯著周郁芬手上的手機，周郁芬凝神在不看她的夏木身上，三個人杵在有點小的房間之中，彷彿正在進行一場叫不出名字的遊戲。洪安安的表情像極好奇的貓，周郁芬還沒反應過來，他就伸手點開了留言。

周郁芬將手機丟桌上，走到床邊半臥半坐著，冷眼看著專心聽訊息的洪安安。

於是李立中急躁嘹亮的嗓音，又在房間裡迴蕩起來：

「你幹嘛不聽電話？煩耶，打給你你就接嘛，你就是這樣，不要以為把自己關在家裡寫小說就可以不用理別人，世界不是這樣運作的你明白嗎……？

「我說啊，郁芬，你不要以為得獎了就會有什麼不一樣，大家不看小說還是可以活得好好的，你能想像沒有元素週期表的世界嗎……

「你害我都忘了本來要跟你說什麼，所以我就說你給人添麻煩了嘛，你老是這樣，你就不想一下我有多勞累，處理金理高與小正，已經快耗盡我的心力，但我告訴你，我快成功了……

「所以，郁芬，你聽我說，文學院的講座很重要，對我很重要，你一定要來，我好不容易讓金理高相信kickprof就是小正，沒想到吧？都是我做出來的，你看我是不是很厲害……？

「我跟你說啊，金理高真的把小正趕走了，小正當然就會願意跟我講更多關於蔡志強論文的細節，我晚些就要再post 一篇文章到ＰＴＴ……

「這金理高也真的不容小覷，我知道他找了重要的人幫忙疏通，好像是什麼委員會的委員長，但是我有文學院院長的支持，他早說過支持我當系主任，他的支持很重要，所以這講座你一定要來……」

七段留言，自說自話。

洪安安驚奇，他一向都是這樣跟你說話？周郁芬點頭，所以跟他生活很輕鬆。

周郁芬幾乎以為自己看錯，夏木回過頭來瞪她。好像要讓周郁芬確認似的，夏木又再回頭瞪她一眼，同時說了一句，你點可以俾佢咁樣對你？

周郁芬說，你爸沒比他好多少。說完走開，沒打算看夏木的臉色。

洪安安攔在周郁芬跟前，問，所以你明天回台北？

周郁芬說，沒這樣的打算。說罷拿起手提袋，開門離去。

洪安安急追出，你去哪裡？

周郁芬沒回頭，我要吃羊肉爐，我快餓死。

夏木、洪安安快快樂樂地跟在周郁芬身後。

2.

周郁芬領著夏木、洪安安來到一家日式居酒屋，熟門熟路的點了一鍋羊肉爐和一堆串燒。周郁芬說，前些日子來參加這邊的文學活動，朋友帶來吃過。

洪安安剛重新吃肉，有點受不了羊羶味，夏木替他點了啤酒。洪安安不自覺，越喝越多。周郁芬跟夏木說，都唔知係佢嘅體質定係性格問題，唔會滿足，容易上癮。

夏木說，他聽得懂廣東話。周郁芬沒再說話，吃著串燒呷了一口，由得洪安安又點了兩支啤酒。

飯後周郁芬說要去買替換衣物，就去了東大門夜市。很久沒喝酒的洪安安，竟已有了醉意，周郁芬讓夏木陪著洪安安在飲食區坐下，獨個去服裝店。

周郁芬挑了兩件襯衫，一條長褲，看見旁邊也有賣男裝的，就想也替洪安安挑一件，正翻尋間，身後有人去掀她選好的衣物，她轉過身來正待發作，看見了夏木。

夏木說，你淨係著黑色？

周郁芬問，洪安安呢？夏木輕鬆說，佢瞓得好脸。夏木看周郁芬挑出來的男裝，尺碼都是洪安安的，就說，你淨係買俾安安？語氣怎樣聽都有點酸酸的。周郁芬說，我望過你個背包，你有替換衣物。夏木聞言怔了一下，遲疑問，你睇過我個背包……？周郁芬仍在挑衣服，也沒看夏木，說，個背包打開咗㗎。夏木仍是忡忡的，不知道在擔心些什麼。

店主取出一件寶石藍印染花草紋的，說，你姊穿這件好看。夏木笑著說，她是我媽。那笑容能輕易得到長輩的鍾愛。

付帳的時候，夏木將寶石藍印染花草紋的上衣也放在一起，周郁芬挪開，夏木掏出錢包，自行付款，然後將衣服塞在周郁芬的手提包裡。周郁芬想裝出生氣的樣子，夏木沒理他，越過她前行，

周郁芬在時裝店門前的反光柱子上看見自己嘴角的笑意。

二人回到飲食區，洪安安仍在熟睡，也沒人打擾他。夏木試了各種方法想將洪安安弄醒，最後是將他揹起，跟著周郁芬去找計程車。

3.

在海濱大旅館的接待處，周郁芬提出要多租一間客房給洪安安，洪安安此時卻清醒過來了，嚷著不要，說要跟夏木睡在一塊。周郁芬沒好氣，說，我租給自己的，可以了吧？夏木不接受，說，我有很多話要跟你說。

三人僵持好一會，接待處終於來了一個職員。職員看也沒看他們一眼就說，今天晚上已沒有空的客房。說完逕自回到他的休息間去。

三人上樓，進了同一個房間。周郁芬取出為洪安安買的替換衣物，洪安安訕訕說著謝謝。三人都沒再說話。過了好一會，洪安安說，你要知道，我愛的只有大順，當然我喜歡他，怎麼會不喜歡呢？但是我說要跟他睡，是因為我要看住他……。夏木阻止安安說下去，伸手掩住了他的嘴。

周郁芬想，安安為什麼要看住夏木？他擔心夏木會做出什麼奇怪的事情嗎？安安知道一些夏木不想讓我知道的事情？她看著二人，一個要說話，另一個不讓他說，看上去就像另一場男孩的日常打鬧。

周郁芬洗完澡出來的時候，安安躺在床的右沿，已然睡熟，發出了低沉的打呼聲。夏木則睡在床中間，左手被安安緊緊握住。夏木小聲說，其實佢仲醉緊。

周郁芬輕手輕腳來到床的左沿，躺下時碰到夏木右臂，夏木秒挪開。周郁芬察覺到他的緊張，用氣聲跟他說，你唔係話有好多嘢要同我講咩？

夏木說，麻煩你關燈。

周郁芬自床上起來，關燈，摸黑躺回床上。周郁芬能感覺夏木在調整他的呼吸，她耐心等著，也不知道過去了多久，二人的呼吸彷彿同步。漆黑中，在安安的打呼下，幽幽傳來夏木的聲音，你點解嫁俾嗰個人？

周郁芬仰臉躺著，不知從何說起，她知道夏木轉頭看牢她，她想了一下，說，我唔係因為佢離開你爸爸。

夏木的視線一直沒離開她的臉，問，你係幾時同嗰個人結婚？周郁芬答，六年前。夏木追問，點解係嗰個人？周郁芬彷彿在求饒，嗰個人有名㗎，佢叫李立中。

夏木仍盯著她，語氣裡有股執著，點解嫁俾佢？周郁芬嘆一口氣，說，我想生活簡單，所以同李立中結婚。

夏木說，唔明。周郁芬沉默。

周郁芬幾乎以為夏木已睡著，冷不防夏木又提問，你點識嗰個人？周郁芬轉過頭來看夏木，他仍是臉朝她，黑暗中，她看見夏木雙目中，有著讓她詫異的情感。

周郁芬說，用的是國語，六年前，我到文學院見工，迷了路，遇見李立中，他一邊嘲笑我笨一邊引領我到面試的地方，正值午餐時刻，我早到了，李立中又帶我去餐廳，替我點餐，替我結帳，沒半點討好巴結的意思，他的臉色甚至是不好看的，他只是很實在地做了我需要他幫忙的事情。就是這樣。

夏木問，所以你曾經喺文學院工作？周郁芬身子轉過來朝向夏木，說，不，我嫁了李立中就不用出外工作了，專心寫作就好。

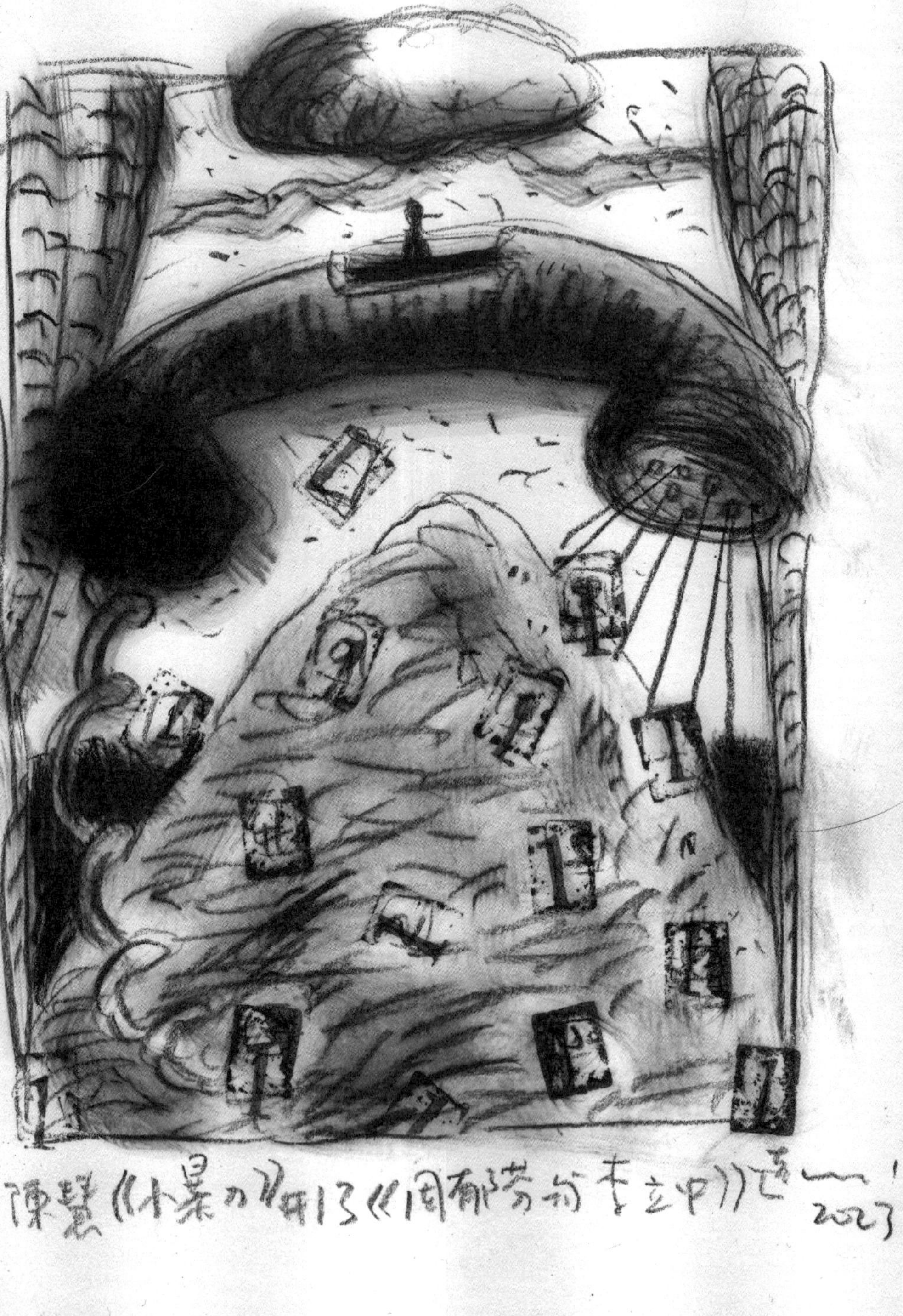
陳慧
2023

十四：李立中與夏木

1.

客房不大，四正，進門左側擺放著小床頭櫃，再過去就是床，床的另一邊卻什麼都沒放，留下打開衣櫥門的空間，靠牆就是衣櫥，衣櫥旁邊是窗戶，窗戶前是書桌，再過去就是一張單人沙發，旁邊是洗手間，門打開著。另一邊牆上就只掛著一幅照片，照片裡是海平線和天空，海面平靜。可能就是在旅館外頭拍的太平洋，很多很多年前。這照片當初或許是彩色的，不過每天照進室內的陽光，令照片褪得只餘灰黑白。此刻窗簾也是沒有拉上的，陽光落在熟睡中的安安、夏木腳上。

安安臉朝衣櫥，夏木背對安安，二人睡得正酣，被子都被踢開，同樣呈現了少年晨間勃起的狀態。

安安忽然轉身，手腳趴搭在夏木身上，夏木驚醒，安安仍在夢中。夏木很快察覺自己的身體狀態，無由的慌亂，急忙伸手拉棉被蓋上，直至發現周郁芬沒在床上，才鬆一口氣。夏木怔忡著，夢的碎片像甜品上的鬆脆酥皮，輕輕一碰全都抖落，殘存的醇香，隱約的人，稍瞬即逝。夏木回過神，發現安安已醒，支起半個身子在打量他。夏木訕訕說早晨，安安沒答理，卻要把夏木身上的棉被拉開，夏木反應很快，以棉被裹著身子從床上跳起。

夏木站在床沿瞪安安，安安仰臥著，坦然地與夏木對視，絲毫沒有掩飾勃起的狀態。安安滿有興味地問夏木，想要嗎？夏木給安安一個白眼，將棉被丟到安安身上，轉身走進洗手間。

十五分鐘後，夏木從洗手間出來，已梳洗好，頭髮看上去濕濕的。床上的安安好像又要睡過去，夏木忽然警覺，大聲問，周郁芬呢？

安安坐起，想了一下，說，她去買早點吧？

夏木取出手機，想要打給周郁芬，安安說，你有必要這麼緊張嗎？夏木放下手機，在沙發坐下，發呆。安安問他，你是夢到女友啦？夏木答，不知道，沒看清楚。聲音裡透著鬱悶。

安安仍半坐半臥在床上，陽光已從他雙腳移到身上。時間就這樣過去。安安覺得有些不對勁，下床打開衣櫥，果然只剩下周郁芬買給他的衣物，她替換的，都已不在，包括夏木買給她的那件寶石藍印染花草紋上衣。

安安疑惑，所以她是去了她老公提到的文學院講座？夏木肯定地說，她不會去。

安安取過夏木的手機打給周郁芬，直接被跳接到留言信箱，安安亂七八糟說了一堆，問周郁芬何時回來。這時候有人敲門，夏木快步上前把門打開，門外是房務員，告訴夏木，周女士已辦妥退房手續，請二人最晚在十二點離去。

門一關上，安安即抓住夏木衣領，說，我知道你們昨晚關燈後就一直在說話，她跟你說了些什麼？

夏木推開了安安，走到書桌前，被陽光照射得刺眼的玻璃水杯下，壓著便條紙和一疊千元紙幣。

安安數著周郁芬留下的錢，問夏木，你們是不是曾經出去？半夜的時候？

夏木手裡捏緊周郁芬留下的便條，說，她要我陪她下樓抽煙，我們先去了超商，她說要買煙，原來是提錢。停了一下，又補上一句，她還是用這招。恨恨的。

2.

周郁芬在十二點一刻回到家裡，第一時間衝進廚房給自己煮了碗麵條，接著開了一罐瓜仔肉醬，和著麵條狼吞虎嚥。邊吃邊有股發現新鮮事物的雀躍冒了出來，她這些年來都不作興吃午餐，沒想到才兩天的時間，就把自己花了十多年建立起來的生活習慣顛覆了。

周郁芬動作俐落清潔了鍋子碗筷，又抹了爐具，廚房就像沒人使用過一樣。接著用手機訂好機票住宿，又換了衣服，就是平日穿著去跑步的棉質黑色連帽上衣和運動褲。周郁芬打包行李的時候想了一下，將原先取出的中型行李箱放回儲物室去，換成可手提上機的，又拿了從前為登山買下卻沒使用過的背包，確認足夠放進出門攜帶的衣物和日用品。

周郁芬將行李箱和背包放在玄關，走進書房拿手提電腦，她停在李立中的書架前，尋找了好一回，終於找到，《應用化學》。她將書跟電腦都放在背包中。周郁芬盯著牆上那幅複製郎世寧畫的瑞麑年曆良久，取出筆來，在今天的日子旁邊寫上「文學院講座」，然後穿上平日緩步跑的黑色運動鞋，揹起背包帶著行李開門離去。

周郁芬抵達桃園國際機場，在櫃位辦理登機手續的同時，文學院的小講堂內，座無虛席，人人翹首等待周郁芬本尊。講座本應在三十分鐘前就要開始，竊竊私議在擴散，一整片的嗡嗡聲就似不知名群蟲來襲。大片蟲鳴從後面傳到前面，院長坐在第一排正中，臉色難看，無人敢上前打擾。院長朝身邊人不知道吩咐些什麼，蟲鳴又從前面嗡嗡嗡的往後排移去，陸續有人站起來，朝講堂出口離去。院長與拱護左右的幾位教職員，已不知去向。

講堂門外，戴著太陽眼鏡的李立中藏身老榕樹後，就似在進行祕密任務的特勤人員，經過的來往行人都禁不住朝他打量，李立中一概懶理，專心觀察進出講堂的人。當他看見院長急步離開，慌忙蹲下，同時閉上了眼。過了好一會，李立中徐徐站起，已不見院長及其他文學院教職員的蹤影，講座觀眾，亦已四散。李立中從老榕樹後走出來，竟有種小時候玩捉迷藏的既視感。李立中太會躲了，同伴找來找去找不著，媽媽來喊回家吃飯，或，大家發現有更好玩的，就把李立中丟在那邊，遺忘了。李立中從藏身的地方走出來，除了日暮，什麼都沒見著。

從來都是只有自己一個。

李立中緩步走去咖啡店，看上去就像一般剛下課的教授。他點了冰美式，店員說，老師，今天買一送一。李立中很堅決，不要。店員最後只好小心翼翼交給李立中一杯冰美式。

李立中拿著那杯冰美式走進系辦，一如往常，沒跟學生與教職員打招呼，逕直走入自己的研究室，正要把門關上的時候，發現小正在收拾桌面。

李立中把小梅招過來，問，今天是小正在系辦的最後一天？小莉說，我是小莉，對，這是小正在系辦的最後一個工作日。

李立中沒答理小莉，逕自走到小正跟前，將手中的冰美式遞給小正，說，買給你的，小小心意，這兩箱東西都是要帶走的？還有沒有其他？都收拾好了？來，我載你。邊說邊捧起小正桌上的紙箱就往外走。

3.

李立中與小正在熱炒店邊喝啤酒邊數落金理高的時候，夏木與洪安安正在朝台北前進的普悠瑪列車上，二人手捧排骨便當在吃。洪安安問夏木，覺得怎樣？吃得慣嗎？夏木說，我第一次在火車上吃便當。安安說，所以是好吃嘍，帶新鮮感的東西都會覺得好吃。夏木問，你覺得不好吃？洪安安說，食物不能單說好吃不好吃，要看有沒有意思，我重新吃肉，是因為周郁芬將她吃到一半的排骨給了我。夏木半邊面頰鼓起，大塊肉在口裡還沒嚼完就停下來，問，為什麼？安安轉過身去，拉起上衣，讓夏木看他背上的笞痕。知道夏木看清楚了，就把衣服拉好繼續說，她說有人看到了，你再也不用靠把自己餓暈去揭發。半晌，夏木半邊面頰還是鼓鼓的，怔怔的，沒在吃也沒說話。

李立中與小正叫了滿桌小菜，每碟挾一、兩箸就嫌棄說不好吃，互相提醒以後不要再來這間熱炒店。然後又因為桌上沒什麼可下酒的，於是又點了其他小菜，小菜來了，又添了四瓶啤酒。李立中酒量雖不及周郁芬，不過也不差，此刻的樣子看上去仍是清醒的，只是說話一直在重複，我已經做了這麼多，金理高仍是文風不動，可見這人真是可怕……。小正則一早伏在桌上睡熟。李立中結帳，又多付了兩千元，將小正丟給熱炒店的人，獨自離去。

李立中回到家裡，在玄關脫鞋的時候，抬頭看見年曆上「文學院講座」五個字，確是周郁芬的筆跡沒錯，李立中茫無頭緒，怔怔的幾乎要哭出來。

門鈴乍響，仍佇在玄關處的李立中很快打開了門，當李立中與門外的洪安安對視上，不約而同叫出聲來，咦，是你?!

站在安安身旁的夏木不知道這是什麼狀況，就將周郁芬的便條取出來遞給李立中。李立中接過，看了，只是也看不明白，其實是酒意未退，手執著便條問夏木，你是誰？夏木說，我是夏木。李立中又問，誰？夏木答，周郁芬的兒子。

李立中聽了，似是受到極大刺激，整個人搖搖欲墜，洪安安與夏木急忙將李立中扶進屋裡，把門關好。

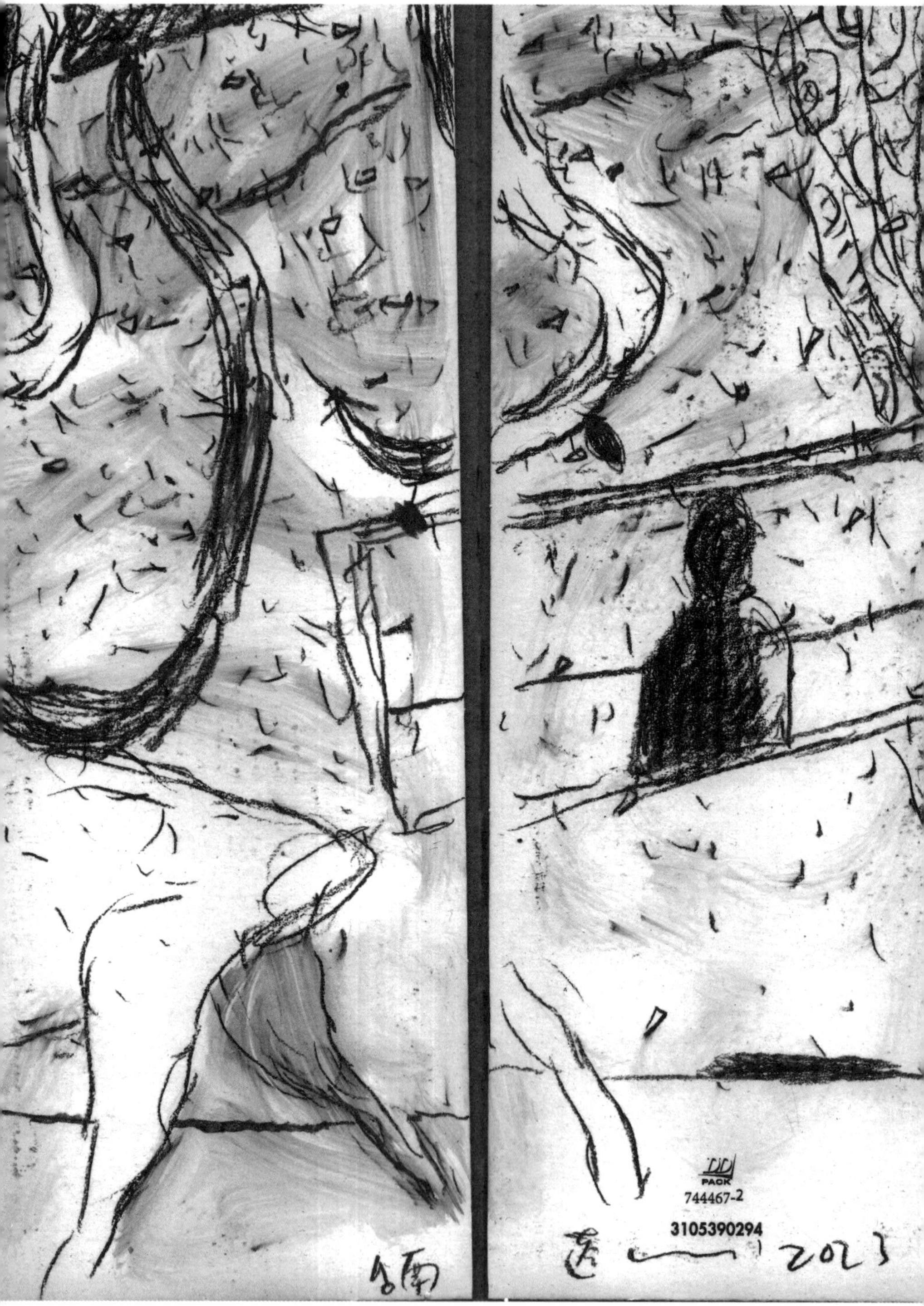
744467-2
3105390294
2023

陳慧《小暴力》#14：《李立中的夏木》

十五：夏木與夏平安

1. 李立中很不願意人家來攙扶他，然而此刻的他就似遇上吸星大法，什麼氣力都使不上來，只能任由對手擺佈，讓夏木、洪安安半挾半扶拖拉到沙發上。

李立中閉上雙眼，只說了一個字，水。

夏木和洪安安站在沙發旁瞪著倒在沙發上的李立中，夏木問，他什麼意思？洪安安一臉不耐煩，說，喝醉酒的人都一樣，他要喝水。洪安安雖然知道李立中想喝水，但他並不打算做些什麼，他在房子裡巡逡，打開每道門，逐間視察著。夏木打量看似睡著的李立中，從他手中取回周郁芬寫的便條，李立中伸手將夏木撥開，雙眼仍是閉著，以幾近粗暴的聲線喝道，我要水。

洪安安從書房伸頭出來探看，跟夏木說，你就倒杯水給他吧。

夏木走進廚房，先打開了冰箱，裡面的東西沒有放得太滿，應該有的食物、飲料齊全。然後是櫥櫃，沒有過份名貴精緻的瓷器，應有的碗碟食具都備著，足夠兩人開餐，要是四人共席，就要再張羅了，大概不作興請客。回頭看爐具與擱在流理台上的碗盤刀具、咖啡機都排列整齊，乾乾淨淨，他伸手摸了一下，碗筷與咖啡杯裡仍帶著些微水氣，還沒完全乾透，他知道周郁芬下午確曾回來過，煮了麵，還是稀飯？大概也喝了咖啡。他想像她的日常，時間靜止。

當夏木端著一杯溫水回到客廳，李立中卻不在沙發上，在走廊另一端的安安從房中向他招手。夏木上前，才發現那是浴室，安安一手拿書，一手將門撐住，夏木不解，安安說，他剛才吐，我怕他倒下，不讓他鎖上門。果然是常在照顧醉酒的人。安安說，照顧了還是會被打。夏木伸頭探看，李立中剛小解完，正扭開水龍頭用手掬水往自己臉上潑，上衣都濕透，用兩隻手撐住洗手台，也不知道是沉思還是仍想吐。過了好一會，夏木上前將水龍頭關掉，拍了一下李立中的肩，示意他往外走，又替他沖了馬桶。

李立中走進自己的睡房，安安、夏木沒再理他。安安說，我肚子餓了，夏木答，這房子裡沒泡麵，你自己去冰箱看一下。安安往廚房走去，將本來拿在手上的書丟給夏木。夏木接過一看，《小暴力》，作者是周郁芬。這時候李立中從房中走出，身上衣物已換成家居服，看上去就像在家裡吃過晚飯準備就寢的平凡男人。他朝夏木招手，夏木就在沙發坐下，李立中向他伸手，夏木把《小暴力》遞給他，只是李立中一臉不屑將書丟在茶几上，仍是向夏木伸出手來，夏木明白了，取出便條紙遞給他。李立中接過紙條，稍稍擺遠一點，蹙著眉在看，夏木知道，他是有老花眼卻不願戴老花眼鏡。李立中將紙條上的字逐個念出，立－中－我－不－在－家－的－日－子－請－替－我－照－顧－夏－木－和－安－安－郁－芬。李立中念完了，抬頭看夏木，問，這什麼意思？

夏木指著自己說，我是夏木，周郁芬是我媽，她在紙條上不是已經寫得很清楚了嗎？她回來之前，我和安安就暫住在這裡。李立中的神情像極上簽買器材的公文被退回，一臉驚愕，夾雜不滿，聲音高八度，說，所以這是什麼情況？為什麼說周郁芬是你媽？她人在哪裡？

這時候安安從廚房走出，手中一片塗了奶油的吐司，邊走邊吃。李立中一看皺眉，嘀咕著，食物用碟子盛好，在餐桌吃，別弄髒地上……。安安看著他，說，你仍在偷聽你那位姓金的同事？

李立中噤聲。

安安吃完吐司，拍拍手，說，我要睡覺了，今天晚上我跟夏木睡周郁芬的房間，所有事情，明天醒來再談。說完打個呵欠，朝周郁芬的睡房走去，夏木就跟在安安身後。李立中看著二人背影，一臉懊惱自語著說，這要怎麼辦？我明天早上有課耶。

2.

李立中一夜輾轉反側，到了快天亮才闔眼，習慣使然，仍是鬧鐘響起前十分鐘就醒過來。頭痛欲裂的李立中拿著杯子要去斟咖啡，走進廚房一看才想起周郁芬不在。

李立中從廚房走出來的時候，剛好看見夏木開門進來，手裡提著早餐。夏木將鎖匙往玄關櫃子上的木盤一丟，李立中看了一眼，那鎖匙扣是一隻膠拖鞋，確是周郁芬的沒錯。那天周郁芬陪他去淡水探望中學的老師，離開時周郁芬堅持要去逛老街，最後在專賣紀念品給遊客的小店買了這鎖匙扣。李立中沒想到周郁芬真的在用，他說，你又不是遊客，幹嘛買這種幼稚的東西？周郁芬沒理他。

李立中恨恨的想，她從來都不聽我的。

李立中問夏木，所以你們昨天可以進入大樓、坐電梯上來是因為帶著周郁芬的鎖匙？那為什麼還要按門鈴？夏木沒好氣，禮貌，好不好？我們知道房子裡是有人的，直接開門進來，你的觀感也不太好吧？李立中嘀咕，現在也沒有好很多。

夏木沒理會李立中，逕自走到餐桌，放下鹹豆漿、粢飯、油條、燒餅。李立中上前一看，拉了椅子坐下就要吃，邊問夏木，你怎麼懂得去買這一間？

夏木回答，我媽之前說過。

李立中停下來，盯著夏木，夏木沒理他，將他手上剛撕開包裝膠膜的粢飯拿走，說，這一個肉鬆加量，是安安的，你吃這個。邊說邊把另一個粢飯糰塞在李立中手中。

李立中丟下夏木塞給他的粢飯，問，你為什麼一直說周郁芬是你媽？給我看你的身分證。

安安此時從睡房走出來，插嘴說，人家香港身分證上是不會寫上爸媽姓名的。李立中吃驚，所以他是香港人？周郁芬在香港生了兒子？這是什麼時候發生的事情？周郁芬是重婚嗎？所以她是騙婚？她為什麼要這樣對我？她現在哪裡去了？她是躲我嗎？是害怕東窗事發我要告她嗎？

夏木說，你其實有沒有看過周郁芬寫的書？要是你看過《小暴力》，就知道她不會躲你。安安打斷，你昨晚沒睡在看小說？夏木「嗯」了一下，繼續跟李立中說，我的出生日期是一九九九年三月十二日，對，兩天後就是我的二十一歲生日。我爸夏平安跟周郁芬沒有正式結婚，所以她不算是重婚，她也不會怕你告她，雖然我也不知道她現在人在哪裡，不過她跟我說過，她要在我生日當天為我送上一份特別的禮物，她現在大概是為了這事情忙碌著。

李立中打量夏木，問，所以你是私生子？

安安禁不住搖頭說，你真厲害，每次都攪錯重點，怪不得你攪不定姓金的同事，也動不了我爸。安安說完就坐下吃肉鬆加量的粢飯，夏木呷著鹹豆漿，二人都沒再理會李立中。

3.

周郁芬沒想過便利店還在，她走進去，買了一包香煙，跟當天不一樣的，是她還買了打火機。她早已沒有抽煙的習慣。店員居然對她笑了一下，她給嚇到了，幾乎以為這不是真的，要不是夢就是電影場景。然而她確實回到這長街上了，二十年之後。她走到店外，打開香煙包，抽出一根，啣住，點火，吸一口，麻雀並沒有低飛而過，牠們在啄食地上的食物殘屑，竟有胖且顢頇的姿態。陽光暗啞，這一切看上去並不美，除了便利店，還有夏平安家所在的大樓，這長街的舊貌其實已徹底改變。便利店和大樓的存在，彷彿只為了等待她的歸來，要是她轉身離去，或許店面與建築物就會坍塌湮滅。

她走進大樓，訝異本來略為高級、早晚都有管理員當值的寧靜住宅，如今並無門禁，甚至是凌亂邋遢的。電梯門打開，周郁芬猶疑了一下，才敢走進去，幾乎是條件反射般就按了七樓，她本來已是記不起夏平安的地址。電梯上升，燈光一直在閃爍，周郁芬努力回想，然而什麼都沒有到來，只有淚水無由湧出。

周郁芬停在夏平安家門外，良久。曾經的家。大門忽然打開，鐵閘後的中年女人打量著周郁芬，神情並不友善，看來已從防盜貓眼觀察了好一會。周郁芬還沒來得及反應，女人開腔，說，你搵邊個？聲線搭上眼神，似牆頭倒插的碎玻璃與尖刺。沒等周郁芬回答，就接著說，如果你搵夏平安，我就話你知佢已經死鬼咗好耐。

周郁芬想了一下，就說，我找夏木。

接下來的事情讓周郁芬驚呆，女人回頭向室內喊，夏木，有人搵你。而裡間竟傳來年輕男子問說，邊個搵我？

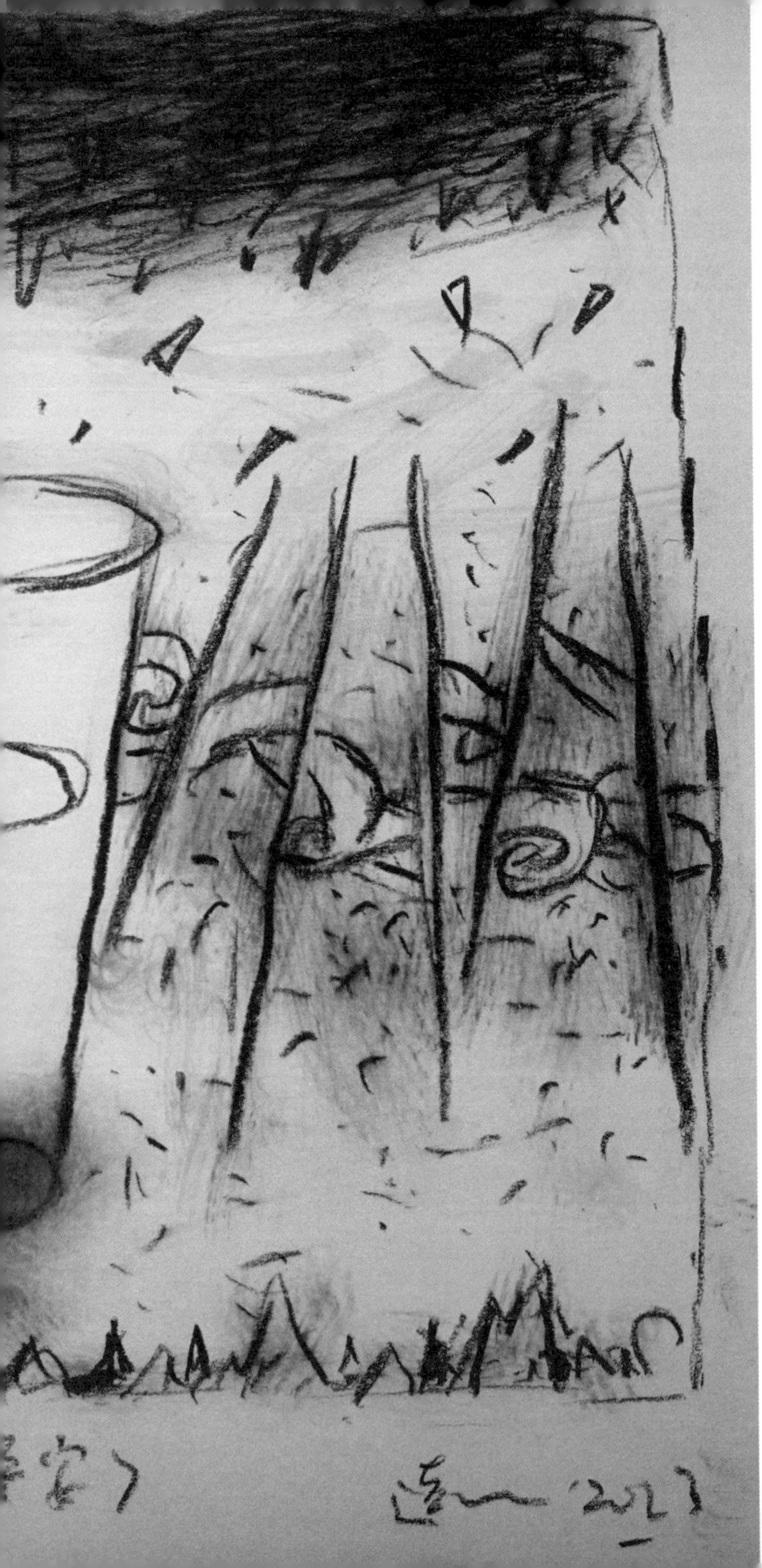

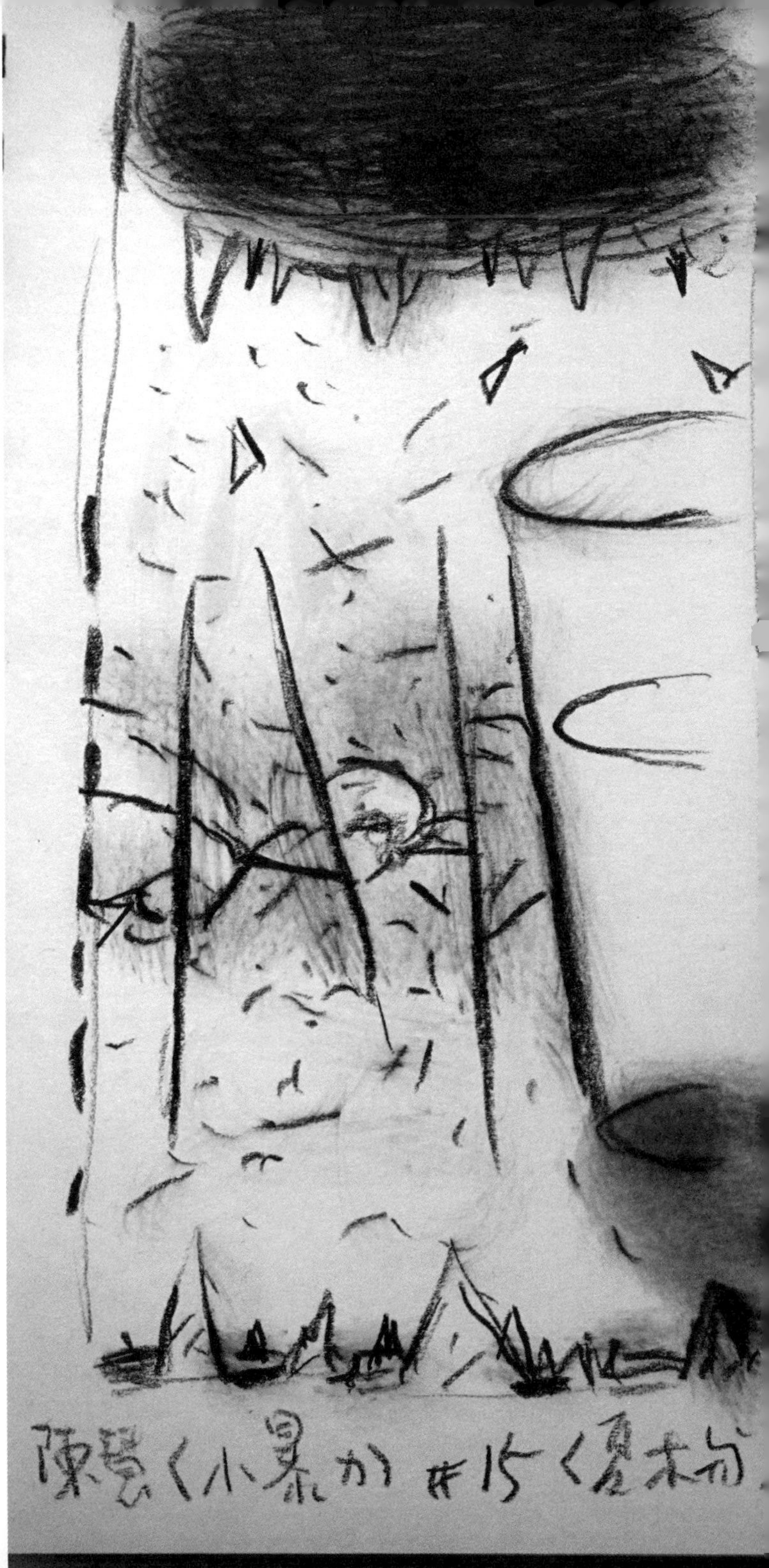
陳甍〈小黑力〉 作15〈夏木句〉

十六：夏平安與周郁芬

1. 周郁芬走出大樓的時候，沒來由踏空了一步，險些摔倒，就像她筆下曾描述過的措手不及。沒想到竟出現在自己身上。幸好路過的年輕女子反應敏捷，將她拉住。周郁芬急忙道謝，先是國語，很快又補上廣東話。女子看周郁芬沒大礙，繼續趕路，剩她一人站路旁怔忡。

周郁芬想，我看見了什麼？我遇見了什麼？

周郁芬沿著長街無目的地往前走，耳畔迴響著夏平安房子裡年輕男子的聲音，竟然與夏平安一模一樣。那是夏平安年輕時的聲音。周郁芬當時有看見幽靈的感覺，他完全就是夏平安；自負傲慢的眼神、隨時準備吐出羞辱話語的嘴唇、眉宇間永遠的不耐煩、明明的刻薄卻那麼好看……。周郁芬被懾住。聲音似牆頭倒插碎玻璃與尖刺的女人又在說話，你唔識夏木，夏木又唔識你，做乜搵佢？你係邊個……？

周郁芬喃喃自語，說的是國語，我是周郁芬。經過的路人瞪了她一眼，周郁芬裝出趕路的樣子匆匆前行，只是也不知道該往哪裡去。最後她卻熟門熟路的走進一幢唐樓的入口，穿過窄窄的長廊，她沒上樓去，原來長廊盡頭是咖啡店。

周郁芬離港前最後停留的地方，就是這咖啡店。當時街上行人疏落，都行色匆匆，戴上口罩。沒想到今天走進這咖啡店裡，人們仍是戴著口罩。

二十年前，咖啡店開業初期，周郁芬常抱著剛滿一歲的夏木來店裡，並不是周郁芬愛喝咖啡，只因為跟夏平安吵架，抱著孩子奪門而出之後找不到去處。吵架原因毫無新意，就是夏平安又丟下周郁芬去遊玩，而陪他玩的又都是女孩。周郁芬會挑天井的座位，客人比較少，夏木哭鬧起來好處理，但通常哭的都只是周郁芬。後來夏平安也懂得上這裡來找，將母子接回家，沒事發生過一樣。夏平安也喜歡這裡，沒吵架的日子，一家三口，夏木在嬰兒車上睡午覺，周郁芬與夏平安則各自呷著咖啡看書。周郁芬漸漸養成每天要喝咖啡的習慣，她幾乎都會來這咖啡店，除了想要透透氣，更像是以此維持一種生活應有的面貌。離家出走後，每天來這店裡喝咖啡的習慣沒改變。有時候店員會跟她說，呀，夏生剛走。她想，或許店員也會跟夏平安說，你老婆啱啱喺度。只是周郁芬與夏平安並沒相遇過。

半年之後，夏木四歲生日，周郁芬在這咖啡店裡寫了張生日賀咭。她在信封背後寫上回郵地址，就是距離不足一公里的爸爸家。似乎這才是寄生日咭給夏木的真正原因。過了一個星期，十天，兩個星期，夏平安始終沒來，起碼沒有在她在的時間出現。周郁芬明白，夏平安再也不會來叫她回家了，最後決定去台灣念書。選擇去台灣只因為她手邊的錢不多。出發去機場之前，戴著口罩的周郁芬仍來到這咖啡店，夏平安沒出現。周郁芬離去前跟店員說，要身體健康，希望這店可以撐下去。

周郁芬的爸爸在七年後去世，她回來把爸爸的房子賣掉。經過銅鑼灣，從前熟悉的店已不復見，一街的珠寶精品與藥房，無端生出走在陌生城市的錯覺，卻發現咖啡店仍在，就有種老朋友在守候著的感覺，心裡歡喜，繼續光顧。只是店長告訴她，當初熬過疫情，街上回復熱鬧，可是房東一遲在加租，咖啡店只得搬走。這店址換了好幾檔經營者，都是匆匆結業，店址一直丟空，最後房東重新租給咖啡店。周郁芬想，啊，看著明明仍是原來的店，當中卻是有這樣的曲折……。抬頭看見一男子背光穿過窄窄長廊，待這熟悉身影走進咖啡店中，果然是夏平安沒錯。根據夏木在三天前告訴周郁芬的，這應該就是周郁芬見夏平安的最後一面。

夏平安沒認出周郁芬，眼光也沒在她身上勾留，可見周郁芬對他一點吸引力都沒有。店裡人很多，周郁芬一直伸長脖子想看清楚跟夏平安在一起的女子，只是總被人擋住，把椅子移來移去好一會之後，忽然在牆上的鏡子中看見自己笨拙徒勞的樣子……。

周郁芬沒命似的沿著長廊逃出咖啡店，讓自己隱沒在熾熱午後的白光之中。

今天她走進這咖啡店裡，第一件要做的事情，就是為十年前匆匆離開沒來得及付錢的冰美式結帳。只是無人記得那杯冰美式，更無人憶起周郁芬或已不復存在的夏平安。

2.

周郁芬坐在計程車上，喃喃自語著，司機在前座以為是跟他說話，吓？周郁芬回話，不好意思，沒事。說的仍是國語。

周郁芬在念的，六個字，惆悵舊歡如夢。

覺來無處追尋。孫洙的〈河滿子〉。是夏平安教周郁芬讀孫洙，夏平安偏愛宋詞。周郁芬由是學會了黃葉自落，秋雲長陰，浮生急景，寶瑟餘音。

那段每天去咖啡店的日子，周郁芬揹著布包，帶著夏木。布包裡都是書，那是她的自卑感，重墜得提帶快要斷掉，宗教哲學社會科學小說新詩電影理論漫畫心理學一大堆亂七八糟。其中總有一本《宋詞選》，似藥，寧心安神。周郁芬看得很專心，專心得可以忘記夏平安的冷漠與嘲諷。大家都沒看見周郁芬，因為她手上總是舉著書，書的封面擋住她的臉，她用字埋掉自己。夏木坐在她身旁，安靜看童書，喝的是熱巧克力，店員會問他，爸爸呢？漸漸店員就知道不該問。陪著周郁芬的就只有夏木。

而周郁芬卻離開了夏木。夏木一直停留在老房子裡，那麼在花蓮跟她相認的夏木是誰？

她只知道他身上的傷。他是街上的其中一個孩子。夏木無辜，無論是在老房子裡還是在街上，周郁芬欠他的，她為他赴湯蹈火，也是應該的。

計程車駛進隧道，離開香港島，往九龍駛去，香港島的面貌已令周郁芬有不復相認之感，進入九龍半島，街巷間更像是某齣與現實有著距離的年代電視劇場景。周郁芬無法將眼前景物與記憶交疊相認，唯獨是那幾株大樹，一眼就認出來了。然而都是似枯未枯的狀態，枝葉色澤暗淡，彷彿缺氧，再也無法自如呼吸。

然後計程車就來到了大南街。

3.

周郁芬沿大南街慢慢走，路上行人不多，很多店都沒開門，不過她需要的物品，仍可以分別在幾間店裡買到。她的計劃本來就是要到不同的店裡買這些物品。沒人過問她買的東西，當中有兩間店，店員都上了年紀，其中一位問，家居清潔？她「嗯」了一下，然後發現她說的是國語，就沒再追問。另一間的店員問得頗詳細，她回答說是代兒子買的，兒子在大學念化工，店員聽了，不厭其煩叮囑擺放與採用時必須留意的事項。周郁芬連連點頭，活脫脫就是被兒子當幫傭阿姨使喚的人。

周郁芬提著購物袋，走了頗遠的路，從深水埗走到旺角，又沿著彌敦道往尖沙嘴走去，市景終於有幾分熱鬧。大概因為都戴著口罩的緣故，只覺路人盡皆木然。

半島酒店的大堂茶座罕有地並沒有擠滿內地遊客，大概是疫情的緣故。周郁芬舒服坐下，點了三層下午茶，從上層開始，配上羅勒忌廉芝士與菠菜的煙燻三文魚、青瓜酸乳酪牛肉卷配生菜，中層是馬鈴薯及石榴籽、經典青瓜三文、土耳其檸檬椰子蛋糕，最底層有開心果仁蜜餅、配上香橙果醬的橙花卷、玫瑰忌廉焗米布甸撻……。周郁芬最後放進口裡的，是雜錦果味土耳其軟糖。獨享。她舉起鑲了幼金邊的咖啡杯，以杯中黑咖啡敬想像中的夏平安。敬你開我眼界，願你安息。

周郁芬結帳離開，在暮色中走向天星碼頭，乘渡輪回到香港島。她挑了船首的座位，想起那本在二十年前寫下的小說，小說被夏平安批評得一文不值。那時候她還未成為周郁芬，仍叫周麗，小說的名字是《無盡溫柔》。父親替她出資印刷了二百本，數十本放到相熟的小書店寄賣，最後也不知道有沒有賣出過，數十本分送朋友，剩下的百多本都堆在父親家中。後來回家發現堆放著的《無盡溫柔》少了一些，父親就說，送了給台灣那些愛文藝的朋友。沒想到那些愛文藝的朋友之中，包括了洪安安的外公。

周郁芳除下項鍊，就是夏木交給她，銀製的方型吊墜盒上有拱門紋飾，其上有字，「a step to heaven」。周郁芬小聲說，這是我和你的葬禮。語畢將項鍊拋出窗外，輕輕落海。吊墜盒裡有雙人合照，都是死人，夏平安與周麗。

周郁芬看著兩岸景物，細細思量將要在明天發生的事情，一股陌生的悸動漫過心頭。半生過去，終於明白，何謂無盡溫柔。

《小暴力》16

十七：周郁芬與夏木

1.

周郁芬醒來，取過手機，螢幕上顯示著「三月十二日週四 庚子年二月十九 10:47」。周郁芬這些年來建立的生活模式，就是深夜寫作、晨跑、白天睡覺、花大量時間閱讀、吃很少、堅持獨處、低調而堅決的拒絕被他人干擾或改變行程……，短短四天，剛毅一如密令在身的特務生活，已蕩然無存。周郁芬甚至想賴床，真是匪夷所思。

周郁芬不能賴床，今日行程太滿。因為今天是夏木的生日。老房子裡的夏木、街上的夏木，願你們天天平安生活愉快。

夏木說，他跟女孩分手了，在來台前一天。然後補充了一句，三天後就是她的生日。周郁芬反應很快，啊，她跟你是同一天生日。夏木的神情，滲著驚喜和悲傷，周郁芬以為自己看懂，其實沒有。

當時周郁芬與夏木坐在便利店門外，喝著十八天，她不知道該如何安慰夏木。夏木說起他短暫的愛情，他在街頭遇見女孩，她落單了，同伴不知所終，幾乎就要被抓到，電光火石，他從暗處伸手攔腰將她抱進店裡並關上鐵閘，尾隨的人會以為見鬼，在路上正追逐的人忽然就不見了。黑暗中他們四目交投，生死倏忽間，絢爛與靜美，就是這樣。

稍早之前，他們躺在旅館床上，安安睡得很熟，呼吸均勻，鼾聲像安靜小獸。周郁芬與夏木有一搭沒一搭的說著話，然後就說到大半年前的事情。周郁芬說，她都知道，她沒有放過任何一段新聞報導，深夜都在看網上的直播。夏木回答得很堅決，你乜都唔知。夏木側身朝向周郁芬，開始說起來台的經過，說一下，停一下，像回想經過，像思考適當的詞彙，像再也無法說下去。夏木的聲音低沉沙啞，周郁芬不知道他是累了還是哭了，她沒有插話，靜靜聽著，包括話語之間的沉默。然後，夏木轉過身去，背對著周郁芬。她無從得知，世間的母子對話，是否就如此刻，她只覺心臟像被誰揪捏在手上，快要透不過氣來了，忍不住問了一句，你在生我的氣嗎？

那天是農曆二月十六，投落在太平洋上的銀白月光，反照進沒有拉上窗簾的室內，夏木徐徐將身上T恤拉起，周郁芬緊緊閤上眼。

夏木轉過身來抱緊強忍哭聲抖動不已的周郁芬。

周郁芬閤上眼都看得見夏木背上棍棒做成的深淺斑駁傷痕。

周郁芬掙開夏木下床，她要出去，她要放聲大哭。夏木死命將她拉住，將臉埋進她懷中。周郁芬有些慌亂，半拉半推的將夏木帶出房間。

二人沿著海傍公路走了很久很久，黑夜中的亮光來自海上與遠方的超商，最後二人走到超商去吃泡麵喝啤酒。周郁芬呷了一口啤酒說，哭是很消耗體力的事情。夏木吸著麵條，不住點頭。

然而當夏木談起女孩，他又哭了，周郁芬知道，沒有地方會讓他快樂起來。這些都不會過去。周郁芬唯一能做到的，就是把他的悲傷轉化為她的憤怒。大概就是在那時候，事情悄悄成形。

2.

周郁芬換上昨天晚上買來的高級套裝衫裙，與她週二離開家門前的運動形象相去甚遠，又將背包和背包裡的東西都放進新買回來的行李箱中。

貌似公幹的周郁芬辦妥退房手續，乘計程車到達機鐵站，在航空公司的櫃台完成託運行李的手續，取過登機證後，就乘地鐵到了太子站。周郁芬走出地鐵站，沿著彌敦道拐進運動場道，再走到西洋菜北街，很快找到約定的咖啡店。

店很小，沒有客人，懶洋洋，店員一臉厭世，接單收帳，完全沒意思跟周郁芬四目交投。周郁芬點了黑咖啡和三文治，等了又等，明明沒有客人，三文治與黑咖啡卻要半小時後才送到她跟前。等待醞釀了食慾，周郁芬吃得有點狼吞虎嚥，彷彿要趕著離去。

就在周郁芬狼吞虎嚥三文治的時候，進來一個男的，三十出頭，將手上提著的購物袋，小心翼翼放在周郁芬身旁的空位子上，彷彿裡面裝著極其貴重的玻璃器皿。小心輕放。看清楚那其實是周郁芬昨天帶著去買化工用品的購物袋。周郁芬淺笑了一下。男子隔著一個位子與周郁芬並排坐著，二人看似在對話，不過聽分明了，又像是陌生人搭訕，無非就是抒發一下日常生活的感想。

男的先離去，只付了自己那杯冰滴的價錢。他兩手空空。十分鐘後，周郁芬也結帳離開。店員根本沒抬眼看二人，繼續厭世，當然也沒發現周郁芬手上提著本來屬於男人的購物袋。

3.

周郁芬提著購物袋，穿過西洋菜北街，陽光洒在她髮梢，晚春和風輕拂，如此美好午後。她忽然記起曾經穿過的白襯衫搭普魯士藍半截裙。白襯衫是牛津紡，她把袖子摺起來了，領口打開，襯衫下襬沒放進半截裙頭裡，因為當時她已懷了夏木，旁人不知道，她自己總覺得肚子隆了起來。普魯士藍半截裙是百褶款，像女校校服，腳上是白粗線襪子白籃球鞋。夏平安喜歡她像逃學的高中生。夏平安剛知道她懷孕，就像在遊樂場的遊戲攤位裡擲中了最大的熊布偶，他拉著她得意呼嘯奔過馬路，風刮起了她的藍布裙，她覺得他們一家三口要飛起來了……。

大概是手沒握緊，最早飛脫的是她，並沒有很遠，時程大概就是從市區到新界，可被輕易抓捕的距離，只是並沒有人來找她。夏平安後來的飛離違悖個人意願，把他帶到無法觸碰、更高更遠的境地，那是眾人終必抵達的他方。

唯剩下夏木。

是因為愛得不夠嗎？她曾經以為愛是一切的解答，能拆開所有謎團。愛永遠萬能。多年之後，才發現愛的屬性是貪婪，永遠不夠。至此愛淪為最尋常的藉口。真正該告罪的是身份、年齡、經歷、學識、背景、虛偽、偏執、矯情、淺薄的喜惡、自私與軟弱。

周郁芬披上寶石藍印染花草紋上衣。買衣服給她的是夏木，昨天早上聞聲出來應門的也是夏木。他們都是夏木，他們都是她的兒子。

而所有的夏木，都被遺下。

她就像沉睡已久，終於醒來，赫然發現自己有著母親的身份。母親能為兒子赴湯蹈火，做一切超乎想像的事，卻又合理並且迷人。

周郁芬發現擦身而過的男人盯著他看，不因為她的古怪，她知道，是她眼眸裡的淚花吸引了他。此刻的她在閃耀，啊，她終於明白，所謂，愛情。她年少時曾經擁有，後來醒悟以為是誤會一場，於是告訴自己只是道聽塗說，愛情並不存在。她漸漸忘卻，如今竟全部記起來了。原來，她的愛情，打造了今天的周郁芬。愛情是她的經歷與遭遇，讓她歡欣與落淚的人與事，她的喜悅與挫折、痛與憤怒，她曾經目擊卻又無力阻撓的不幸，一切已然逝去的美好與思慕，她記住的所有無法取代之物，她欲擁抱的一切，那些幾乎讓她碰觸到永恆的剎那，她的生與死……。層層疊疊層層疊疊，她的愛情猶如沉積岩，龐大如黑色星球，讓她化身成為神話中的厄里倪厄斯，三個復仇女神都隱身在她裡面了，她甚至擁有了火炬和翅膀而不自知。神話裡早就說得很清楚，即使宙斯出手，也無法幫助有罪之人擺脫厄里倪厄斯的折磨。

是以她能毫不費勁完成別人眼中猶如恐怖分子的行徑，只因為這是她的愛情。

這一次，她一定會好好牽住夏木的手。

愛永遠萬能。

'2023

陳慧（化名）創作（圖/鄭芬芬 夏木）

十八：夏木與夏木

1. 當周郁芬從西洋菜北街走到界限街的時候，手上已不復見提著購物袋，上衣之外也不知何時披搭了另一件衣物，就是夏木在夜市買給她的寶石藍印染花草紋上衣。她信步走進通菜街，穿過運動場道，在來到花墟道之前，已在服裝店裡換上剛買的褲子與鞋子，那邊走邊看的模樣神態，與一般遊客無異。

周郁芬逛了好幾間花店，才找到要買的屈曲花。小盆栽，十字花科，正盛開著，白色的細細的瓣，珍珠球一樣。她沿著太子道西，又重新走進太子地鐵站中，此時她手上只捧著小盆栽，之前裝著她換下來的套裝與高跟鞋的購物袋已不知所終。

周郁芬乘地鐵到達中環，她站在置地廣場的中庭，游目四顧，女孩比她早到，她一眼就認出來。她想起夏木給她看女孩照片的情景。夏木在手機裡跟女孩最後的訊息對話，周郁芬也看了。周郁芬當時就想，是何等孤絕，才會願意讓人睹此私密？大概真的太痛，無法獨自承受。

周郁芬離開旅館前，偷偷看了夏木的手機，記下了女孩的電話號碼。她給女孩發訊息，我有你在台朋友的消息，明天下午三點半，在置地廣場中庭等我。她已經想好，如果女孩沒來，就把小盆栽放在銅鑼灣的咖啡店裡。不過女孩來了。她上前去，將小盆栽遞給女孩，女孩退了一步，瞪著她說，我不認識你。

周郁芬說，我從台灣來，我是夏木的媽媽。

誰？

周郁芬很鎮定，掏出手機，給女孩看之前和安安、夏木喝酒吃串燒時拍的照片。

女孩叫出了另一個名字。

周郁芬再也不會驚訝，真的沒所謂。當周郁芬跟夏木說，她跟你是同一天生日……，夏木當時悲喜交集的神情，如今她終於懂了。她將小盆栽交到女孩手上，說，生日快樂。女孩接過，說，噢，佢記得。周郁芬說，這花的名字有些古怪，叫屈曲，你不喜歡可以叫它另一個名字，蜂室花，它是你的生日花，花語是不介意，也有久遠的意思，很特別是不是？歐洲人送它給伴侶就是天長地久的意思。女孩眼眶中的淚水終於落下。周郁芬說，我不管你叫他什麼名字，我都會叫他夏木，夏木是我兒子，我要你知道，他在台灣，他很好，你也要好好生活，就是這樣，抱歉不能陪著你，我要離開了，你保重。

女孩還沒來得及反應，周郁芬已伸手拉下女孩束髮的橡皮圈，她轉身乘自動電梯上二樓，遠遠回頭看一眼，中庭人零落，保安人員與哭得很慘的女孩保持著一段距離，並沒有把她趕走。

夏木沒有騙她，女孩一如他形容的單純美麗，但他卻向她提出了分手。像那些歷史劇中的男女。

周郁芬沿著行人天橋走到國際金融中心商場，輕鬆蹓躂瀏覽一如遊客，最後往乘機鐵，六點前到達機場。

周郁芬乘搭的是商務艙位，她提早來到專用餐酒廊，一如出外度假的中產婦人。她悠閒進食，邊瞄著牆上正播放新聞的電視機。剛播報了一則與爆炸品有關的新聞，周郁芬就起身離去前往登機口。

飛機在跑道上滑行加速上升，周郁芬看著窗外繁星，渾身舒暢，像完成不可能的任務，像寫了很久的長篇小說終於能記下「全文完」，像跑了一場馬拉松……。

其實只不過是她終於可以為夏木們做一些事情。

2.

當天上午。

李立中撿起被他丟在桌上的飯糰，撕開膠膜，咬了一口，這沒加肉鬆，加了肉鬆的給安安，這個叫夏木的，對陌生小孩還要比自己媽媽的丈夫好，真是不懂規矩。李立中一口接著一口的吃著飯糰，內心激動，其實好想執住夏木的衣領盤問他周郁芬的去向，但他忍住，這個周郁芬的私生子，長得比自己高大健碩。現在他總算記起來了，這些年來他幾乎忘掉，對，周郁芬是來自香港沒錯，他從沒放在心上，不是大意，是輕視，只覺得跟周郁芬在一起，過年不用長途跋涉回娘家真好，省卻很多麻煩。他甚至沒跟周郁芬一起去過香港。周郁芬還有什麼事情瞞著他？她是回去找夏木的父親嗎？為什麼？李立中忽然將吃了一半的飯糰摔桌上，可是沒人理他。

李立中拍桌，悻悻的對夏木說，你要是沒交代清楚周郁芬的下落，我可以將你送法辦的你知道不知道？！夏木好奇，說，你老婆離家出走，我只是給你送訊，你要怎樣將我法辦？李立中與夏木互瞪了好一會，安安忽然插嘴，閒閒說，我爸又約了金理高。李立中乍聽金理高三字，魂魄瞬間被攝走。安安與李立中你一言我一語，夏木聽了半天，只記住三個名字，洪啟瑞，這夏木知道，是安安的父親，另外兩個名字就是金理高和蔡志強。事情大概就是金理高是李立中的死對頭，而蔡志強是金理高的學生，闖了禍，累及金理高，那麼李立中就能當上系主任，但是洪啟瑞出手擺平一切，大事化小，李立中空歡喜一場，但如今似乎又有了轉機。大致如此。過程中又提到小顧，似乎是站在安安這邊的，好像是刑警，根據他的說法，金理高跟著洪啟瑞，早晚行差踏錯，李立中得知，高興得手舞足蹈，壓根忘掉周郁芬。

李立中歡天喜地去上班，答應了晚上回來帶安安和夏木去吃鐵板燒。

門一關上，房子裡靜寂。

夏木回到沙發上，繼續翻周郁芬的《小暴力》。安安問，你不是已經看完了嗎？夏木說，就是想再看。安安取過自己的背包，從裡面掏出另一本小說遞給夏木，說，看這本。夏木接過，《無盡溫柔》，一九九九年在香港出版的小說集，出版社的名字沒聽過，作者是周麗。半晌後夏木才反應過來，問安安，你怎會知道周麗就是周郁芬？安安說，我本來也不知道。他示意夏木看《無盡溫柔》，夏木翻著，一頁接一頁，訝異得說不出話。安安說，對，《小暴力》與《無盡溫柔》的內容根本一模一樣，只是《小暴力》語句簡潔了，節奏明快很多，少了文藝腔，也更有力，我以為抓到周郁芬抄襲的證據，要她來我家把我帶走，誰會想到周郁芬是自己抄襲自己？

夏木更驚訝，所以是你要脅她？

安安點頭，說，是，最後是她出手救了我。

夏木像忽然被點了穴，整個人定格住，良久，回過神來，也沒答理安安，掏出手機打電話，接通了，直呼對方夏木，問，你媽係未嚟搵過你？

安安並沒有因為夏木稱電話那頭的人為夏木而被嚇倒，他一直瞪住夏木，電話掛線，他就一迭的問，周郁芬真的回了香港？你朋友怎樣說？你之前跟周郁芬說了些什麼？為什麼她要去香港……？

3.

夏木閉上眼就回到海邊；花蓮的海邊、香港的海邊。

周郁芬一直都在，彷彿錄像的不停回帶，夏木重複著轉過身來抱緊周郁芬的動作。

夏木背上被棍棒做成的斑駁傷痕震懾了周郁芬，強忍著哭聲的周郁芬，身體的抖簌傳遞到夏木胸前，奇異地釋放了夏木胸臆間閉鎖著的痛。

二人後來坐在超商門外階梯上抽著煙看大海，周遭安靜，周郁芬先開口，這些年來，我從來也沒想過要回去將你帶走。語氣平淡，簡單陳敘自己的不解與疑惑，既無辯解，亦沒答案。夏木聞語，微微一愣，他盯著周郁芬，周的坦然竟漸漸將他的情緒撫平。夏木說，你真自私。說的時候像在旁述客觀的事實，絲毫沒有責怪與追究的意味。周郁芬微微一笑，只是那笑容有些慘淡，良久，才吐出三字，你懂我。周郁芬緩緩說著，她的逃跑、寫作與憂鬱症，還有父親對她的嫌棄、以為自己能拯救她的夏平安、他的愛與冷漠……。還有那些揮之不去的恐懼與悲哀，過去從未宣之於口，猶如藏在廢置書桌抽屜中半闋蹩腳的詩。

而夏木說的，全是斷句，未按時序，因果無法相驗，卻澎湃如浪花湧濺。夏木激動，夏木傷心，周郁芬默默聽著，緊握著他的手。

母子交心。其實更似赤誠少年遇上鍾愛的人，只想把自身的一切掬在手中交予對方，展露溫柔與閃耀，夾著深藏不為人知的傷痕結疤、痛與憤怒。

遠方海平線上，淺淺的漫出熹微晨光，二人緩步走回旅館，周郁芬忽然折回說要領款。夏木在超商外等著，看著周郁芬的背影，淚水忽然沒來由落下。夏木抹去淚水，周郁芬還是看見了。

周郁芬說，你要知道，這些都不會過去，你接受也好，抗拒亦然，我把你帶去哪裡都是徒勞，沒有地方能讓你釋懷，因為這些都不會過去。

夏木跟在周郁芬身後回到旅館，看著周郁芬靜靜坐在桌前寫便條，看著看著就睡熟。醒來就發現周郁芬已離開，桌上放著便條和現金。

周郁芬給夏木的便條上寫著：那些不曾過去的，其實都是在醞釀。

陳慧《小暴力》#18：《夏木與夏木》
2023

十九：夏木與大順

1. 夏木跟安安說，周郁芬是回到香港沒錯，夏木說有講國語的女人上門找他，只是他才看她一眼，女人就落荒而逃……。

安安問，為什麼她要去找夏木？難道她已經知道你不是夏木了嗎？她什麼時候發現的？啊，你的護照，你讓她看見了嗎？你說啊，為什麼周郁芬要去找夏木？

夏木想了好一會，緩緩回答，她應該是去看從前與夏平安生活的地方，我告訴她，夏平安已去世，我想她是想憑弔一下，剛好被房子裡的人發現了，房子裡的人問她找誰，她情急就說了理應不在房子裡的人的名字，可是，夏木出來了，她反應不過來，她不是落荒而逃，我想她是嚇著了。

安安問，夏木知道找他的是周郁芬嗎？

夏木搖頭，說，夏木不知道，他這兩、三年的狀態不太好，就是跟他爸很相像，這些年來，我聽過不少他貶抑周郁芬的話，他感情上一直抗拒離家出走的媽媽。

安安又問，他知道你來台灣嗎？

夏木說，知道，他以為我來台灣遊玩，還跟我說記得去買老天祿的鴨舌。他什麼都不明白，他不懂，像生活在另一個星球。我離開的時候，誰也不能說，唯獨是他，我說了也無妨，於是夏木代表了所有人與我道別。當時我也沒想過冒認他，只是，最後，我發現我在台灣最熟悉的，就是夏木和他爸爸常常掛在口邊的周郁芬，只得來見她。

安安似是在聽床邊故事。

夏木繼續說，我和夏木算是一塊長大，我媽媽帶著我住進夏平安的房子裡，但她最後也沒當上夏平安的情人，不過夏平安很疼我，夏木也喜歡跟我玩。媽媽後來去了大陸工作，我去跟外婆住，仍是跟夏木念同一所學校，我和他從幼稚園就開始當同學，一直到中四。夏平安去世，夏木沒再來上學，人就開始有點怪怪的。夏平安去世前三、四年，精神狀態已很不穩定，卻在那時候跟一個相識不久的女人結了婚，夏木很不高興，說那女人有強迫症。夏平安死後，這女人把夏木盯得很緊，據說是夏平安把錢都留給了夏木的緣故。夏木的全部心思就花在跟這個女人作對，他像變了個人，只偶然跟我見面，然而我卻沒有改變他的能力。也是從那時候開始，夏木常常會偷偷將夏平安的物件帶來送給我，我知道他的狀態不好，就代他暫為保管。其中之一，就是夏平安與周郁芬的信物項鍊。

安安說，真慘，這些都別讓周郁芬知道，你還是繼續當夏木好了。只是，周郁芬到香港去是要幹嘛？

夏木想起周郁芬留給他的便條，不太敢想像周郁芬要做的事情。

安安忽然像想起什麼，抓起背包和門匙，對夏木說，走。

夏木問，去哪裡？安安邊穿上鞋子邊回頭說，去老天祿買鴨舌，好久沒吃了。

2.

安安與夏木買了鴨舌，還有鴨翅和鴨胗，又去買了杏仁茶和麵線、粽子。夏木堅持再去買炸雞排，被安安白眼。每間店裡都少見遊客，店員要二人戴上口罩消毒雙手。安安和夏木提著吃食，走在本該熱鬧但如今行人稀疏的西寧南路上，安安問，好像真的有疫情耶。夏木搖頭，不知道的意思。二人漸漸生出一股無以名狀的不安感。

夏木問安安，這些要在哪裡吃？安安問夏木，走路還成嗎？夏木點頭，安安往前走，夏木在後面跟著，過了馬路沿衡陽路直走，轉到重慶南路。夏木說，這我知道，凱達格蘭大道。安安說，外公一直叫這介壽路，也不管早已經不是這名字，有一次，我說這本來就是凱達格蘭族的領地，他瞪我一眼，叫我媽領我回家。起碼他沒有動手打我。大概過了半年，實在是太悶了吧，還是讓我下課後去陪他，他說，以後的事情他管不了，但在他面前不要提，我答應了。他會跟我說從前在政府裡做事的祕聞，比間諜小說刺激精采，我都不知道是否該相信，他大概只是想告訴我他們有多厲害，但我只聽到奸狡詭詐和心狠手辣，我爸老想擠進外公的圈子裡，但他實在差太多，不是說他人不夠壞，外公說的，就是書讀得太少……。

安安邊說邊領著夏木穿過公園，遠遠看著台大醫院外，架起了很多白色的帳篷，沒來由讓人聯想到戰時光景。夏木說，看來真的有點嚴重耶。二人看了好一會，遠遠迴避著，循中山南路走，左拐。安安說，這是仁愛路一段，都是老房子，我家在仁愛路三段，是外公買給媽媽的嫁妝。安安領夏木繞進街巷，最後停在一處日式庭院前，門柱上釘有木牌，上書「暮雲舍」。

鐵柵門並沒上鎖，安安推門走進，沒想到房子的門窗上都安裝了警報器，小紅點一閃一閃，安安按密碼解鎖了保安系統才掏匙開門進入。

夏木覺得似走進舊電影場景，安安問，那一齣？夏木想了好一會，記起來了，《牯嶺街少年殺人事件》。安安說，這是我外公的房子。

房子沒人在住，但看來一直有人在打理。二人走進廚房，將吃食放餐桌上，安安打開中島上的電視機，新聞報導的跑馬燈標題是染疫與死亡人數，夏木看著雞排，已無食慾。

安安說，我們躲在這裡好了，我不要回去李立中的房子，他很煩。

夏木無異議。周郁芬留下的現金，夠他們躲起來過兩、三個月。

日暮。安安亮燈，發現其中一盞立燈的燈泡不亮，夏木就說他去買燈泡。此時有人轉動大門門把，安安一點都不驚訝，把門打開的人並沒走進來，只是伸頭入探看，安安跟他招呼，寶叔，是我。被稱寶叔的人進門內站定了，點頭示意，我看見燈亮了，就走過來看看。安安說，我要跟朋友在這裡住一陣子，不用跟我爸說。寶叔說，好。說完就轉身離去。

大門關上。夏木留意到這寶叔動作很輕。安安說，他是我外公的保鑣，二十出頭就跟著外公，跟了六十年。夏木嚇一跳，沒想到這寶叔已八十多歲。安安補充，他是八卦掌高手。夏木不禁生出聯想，打量安安，所以你……？安安從閣樓取來八卦刀，夏木接過，沒想過那麼沉。安安說，我這把很輕，只有四斤，規格應是八斤，這把是寶叔特意為我打造的，他本來是要教我八卦掌，說可以防身，我嫌招式不好看，他就教我八卦刀，從起勢、夜戰八方式到左插步接刀，收勢，全套五十四式，我全學會。

夏木瞪著安安，半晌，訥訥問，那你幹嘛讓你爸這樣打你？

安安說，他把我往死裡打，我沒死，要是刀在我手上，他死定，只是他不知道。安安邊說邊吃吃地笑。

夏木問，你什麼時間才把刀拿出來？安安說，我已經拿出來啦。

3.

會客室，白燈管的光總是在閃爍，白龍一臉厭世，抬手朝空氣裡拂了一下，才坐下的二把手就怯了，站起來哈著腰，白龍更不耐煩了，說，毋是啦，這暫仔蠓仔咧飛閣較食力啦。二把手擦汗，哦，是飛蚊症，我叫人送葉黃素入來。無效啦。二把手誠惶誠恐。白龍語氣放緩，你跤腿最近好否？二把手被緝捕時，刑警開車將他撞倒，後來在監裡也沒有好好做復健，如今就有點微瘸。

二把手擠出笑容，說，沒事，謝謝大哥。白龍看著二把手的笑臉，如今竟帶著點滄桑，沒辦法，蹇運嘛，但還是那麼好看。他從來只允許好看的人待在身邊，跑腿謀士殺手情婦夥伴搭檔對手甚至是兒女，管你有多大本事，長得不好看滾一邊去。最好看的要數大順，偏偏他什麼也不要，真叫人心煩。如今獃在所裡，日夜身邊都是怯勢人，唉，報應。

二把手繼續報告，大順會被抓，完全是因為洪啟瑞，他要把自己的兒子抓回家，連帶將大順也一併抓了，領頭出手的是中安分局，你知道，中安分局……。

白龍閉目，中安分局，他當然知道，當初羞辱人的確然是他。只不過是曾招呼他的女孩被賞了耳光，其實也沒攪清楚來龍去脈，他就是覺著不爽，然後下面就有人辦事了，可見當時真是意氣風發。凌晨時分，十多部重機姿態颯爽開進派出所裡，轟隆隆轉一圈出來，效果比放空槍更嚇人，大眾譁然，局長被降職，好不容易花了幾年時間才又爬上去。白龍怪自己，輕敵，明知對方是心胸狹隘之人，也長得不好看，居然放他生路，大順真無辜。

#19
2024

二十：大順與小顧

1. 白龍一直緊閉雙目，二把手不知道白龍是養神還是思考，想往下說又不敢，渾身不自在。白龍沒張開眼，沉聲道，還有什麼，你說啊。

於是二把手就把安安要去探望大順但被大順拒絕的事說出來。白龍問，他還去探大順？二把手小心翼翼，是的，之前大順就跟這小孩好痴纏。白龍點頭，我有聽說。二把手補充，就是那個叫小顧的刑警領他進去。白龍聽到小顧的名字，張開了眼，語氣好奇，就是抓你的那個小顧？二把手悻悻然，對，就是他。白龍更好奇了，小顧領洪啟瑞的兒子進戒治所見大順？什麼玩法？二把手壓低聲線，我們也想不通，只知道這小顧最近都在盯洪啟瑞，蹲點那種，可是我們查過，他是獨自行動，上級對此事並不知情。白龍問，洪啟瑞是知道還是不知道自己的孩子去見大順？二把手答，看來是不知道，是小顧動用了自己的關係把那小孩帶進去。白龍又沉思好一會，問，但大順不要見他？對，是這樣沒錯。白龍自語，之前大順還跟我提過，要帶那小孩一塊去香港，一刻也不可分開的樣子，人家來見他，他卻拒絕，這孩子脾氣就是怪。二把手吞吐著，怎麼說呢，其實我可以理解啦，我那時候在裡面，也是不讓女友來看。白龍又緩緩閉上了眼，說，是不願意讓她們看見這落魄模樣。忽然似有了重大發現，帶著久違的笑意跟二把手說，可見大順對那小孩，安安，是嗎？是真愛。二把手聞言呆了一呆，也不知道該不該陪笑。

白龍忽然變得有點感性，說，兒女中，大順最像我，不單是外貌風度，還有性情，大家只說我寵他，卻不知道是他的命好，他出生之後，我順風順水，應該有的都有了，我不要大順行走江湖，我白龍難道不能讓自己的兒子享清福嗎？他吃喝玩樂，我供養得起，你們儘管妒忌，我的兒子就是比你們命好，我只要他過自己的日子就好，最後，還是被我連累了。

白龍靜了下去。會客室內無窗，但可猜到天已入黑，明顯有感到氣溫下降。二把手推敲著是否到了該告辭的時刻，白龍忽然冒出冷冷一句，那洪啟瑞幹嘛要去管小孩的事情？二把手補充，他外父幫忙將他弄進組裡去後，他沒停過在拉攏人，看來是很有野心的，接下來大概想當主席，就怕洪安安跟大順的事情被人知道，於是把洪安安抓回家，聽說要送出國去念書。白龍不再言語，僵著臉，二把手靜靜待著，直至白龍把對話筒掛上，二把手即站起，朝轉身往內室走去的白龍背影鞠躬喊話，大哥慢走，保重。

2.

二把手開著車才剛駛過大漢溪，就收到了從獄中傳來的訊息，說是給白龍家屬的。訊息很簡單，七個字，「好好招呼洪啟瑞」。二把手把車停在鶯歌老街前，撥了好幾通電話，下車去買了蔥油餅和冰美式到車上，才剛開始吃，小弟們就陸續回話。其中一個說，洪啟瑞最近都是在三五三巷的店，一週起碼三天。二把手沉吟了一下，三五三巷？小弟提醒他，能通到另一幢大樓的那一間，玩什麼款式都可以，全是外送到店。二把手想起來了，哇，這洪啟瑞玩很猛耶。

二把手丟下蔥油餅和冰美式就驅車直往市區，半小時後來到民生東路，正想轉入小巷中，遠遠就認出了小顧那部破小鴨。二把手把車開過去，偷瞄了一眼小顧，既沒在打瞌睡，也沒抽煙滑手機，就是目不轉睛的盯緊大樓出口。二把手看得直搖頭，心服口服，手下裡就是挑不出來這樣專注辦事的。

二把手把車泊好，閒閒走到小顧車旁，輕敲車窗。小顧抬頭一眼認出二把手，微微一愣，降下車窗，神色仍是淡定的，問，什麼事？二把手正眼沒看小顧，一直在那邊游目四顧，說話聲量是剛好讓小顧聽清楚，我跟你說啊，你少在這兒打草驚蛇，後天晚上再過來，白龍要送大禮給洪啟瑞。二把手說完，輕鬆走遠，小顧看著他的背影，看出那步姿是努力在隱藏腳傷舊患。忽然，遠處的二把手停下來，朝小顧招手，小顧不明所以，二把手的動作更大了，就是要小顧把車開到他跟前的意思。

小顧看著二把手好一回，實在沒法猜透他在想什麼，最後還是把車緩緩開到二把手身旁，沒想到二把手拉開車門，就坐上了副駕駛座。二把手扣好安全帶就說，把我送到前門去。什麼前門？就是你在等洪啟瑞走出來那地方的前門，我不想讓他們看見我的車停在那裡，這種天氣，我走路不舒坦，都是你害的，你送我過去，天經地義。小顧失聲大笑，不過還是把車發動了，按二把手的意思，把他送去大樓入口。

小顧必須把車左轉，再右轉，才能到達大樓正門。紅燈，車停下，二把手打量小顧，小顧已沒在笑，二把手說，果然有電視劇裡那些小生扮刑警的味道。小顧沒答話，橫他一眼。二把手又說，這些年都沒換車哦，還是這隻爛鴨，你情長啊，還是當刑警沒漲薪？小顧意味深長掃視了二把手的腳，說，我是不捨得，有紀念價值嘛。電光火石，二把手咂了一下嘴。轉綠燈，小顧要開車，二把手按住他，說，別急。小顧安靜將車靠邊泊好，二把手問，為什麼你要跟監洪啟瑞？我知道這不是你上司的意思，你幹嘛要找他的碴？小顧說得斬釘截鐵，我看不慣他的做事方法，以為自己呼風喚雨，我就是要讓他知道，並不是所有事情都由他控制。這一次換二把手哈哈大笑。二把手示意小顧繼續開車，車停在大樓前，二把手說，早些回家，吃好睡好，後天晚上來看戲。小顧說，我為什麼要聽你？二把手說，因為你在三五三巷，等到地老天荒，也只不過是看見他走出來，就算他跟見不得光的人在一塊，這國家的法律有規定不能跟誰一起散步嗎？你永遠只能在外邊等，至於我，我可以走進裡邊，攪清楚他玩了什麼不該玩的，還可以把法律規定不能玩的，塞到他手裡給他玩，明白嗎？

二把手開門下車，回頭又說了一句，改天你不想當刑警，來白龍幫，我不會跟你計較，擔保你火速把小鴨換海神，我家老大特別喜歡長得好看的人。

小顧腳踩快門，小鴨飆速而去。

3.

小顧難得比平日早回到小套房裡，在桌前慢吞細嚼著外帶。室內安靜，小顧接通了媽媽的手機。媽媽果然還未睡，在打毛線，準備給快要入學的小孫女織小背心。吃了未？剛吃過，雙連的麻油雞麵線，本店在萬華的那一家。一直在忙？嗯。有空回來，我們一起去拜你爸爸。嗯。早些睡。你也是。然後就掛斷。

跟媽媽通完電話的小顧，心裡漸漸踏實下來，洗了澡上床，細細思考著二把手的話。

手機在黑暗中響起。

小顧以為是局裡找，來電是陌生號碼，不是手機號，似公家機構電話。小顧接聽了，驚詫著。

小顧問電話那頭的人，他是要見我還是洪安安？對方跟小顧說，他要見的是你。小顧一臉不解。

電話掛斷，小顧亮著了燈，省電燈泡的光度慢慢加強，小顧的疑惑不減。

小顧翻找手機紀錄，找到了想要致電的人。為什麼是她？說不清楚，是想要找人說話沒錯，訊息量帶來的壓力需要有出口，這些年來找搭檔的經驗，覺得她是可信任的。信任很重要。深夜，對方第一時間就接起。周郁芬？是。我是小顧。有什麼事嗎？沒事，只想知道洪安安是否安好。他在我家，應該沒問題。小顧聞言頓了一下，周郁芬的說法聽上去怪怪的。你說他在你家？對。所以是跟你在一塊？沒有。對話停頓。

小顧試探地問，你沒在家？周郁芬答，我需要居家隔離，我住進旅館去了。所以你曾出國？嗯。你沒在安安身邊？我兒子跟他一塊。小顧試探地問，你去了香港？嗯。你把洪安安帶去香港了？怎麼可能，我去香港跟安安沒關係，他人仍在台北。小顧沉思片刻，說，之前白大順曾經說過要帶安安去香港，你知道嗎？我不知道，他沒跟我說過，所以你打來是要幹嘛？新店戒治所的學弟，就是上次讓我帶安安進去見大順的，剛才打給我，說白大順想要見我。周郁芬訝然，他是要你帶安安去見他？不，白大順不是要見安安，他要見的是我。什麼意思？我也不明白，我只知道，他爸吩咐，要對付洪啟瑞。

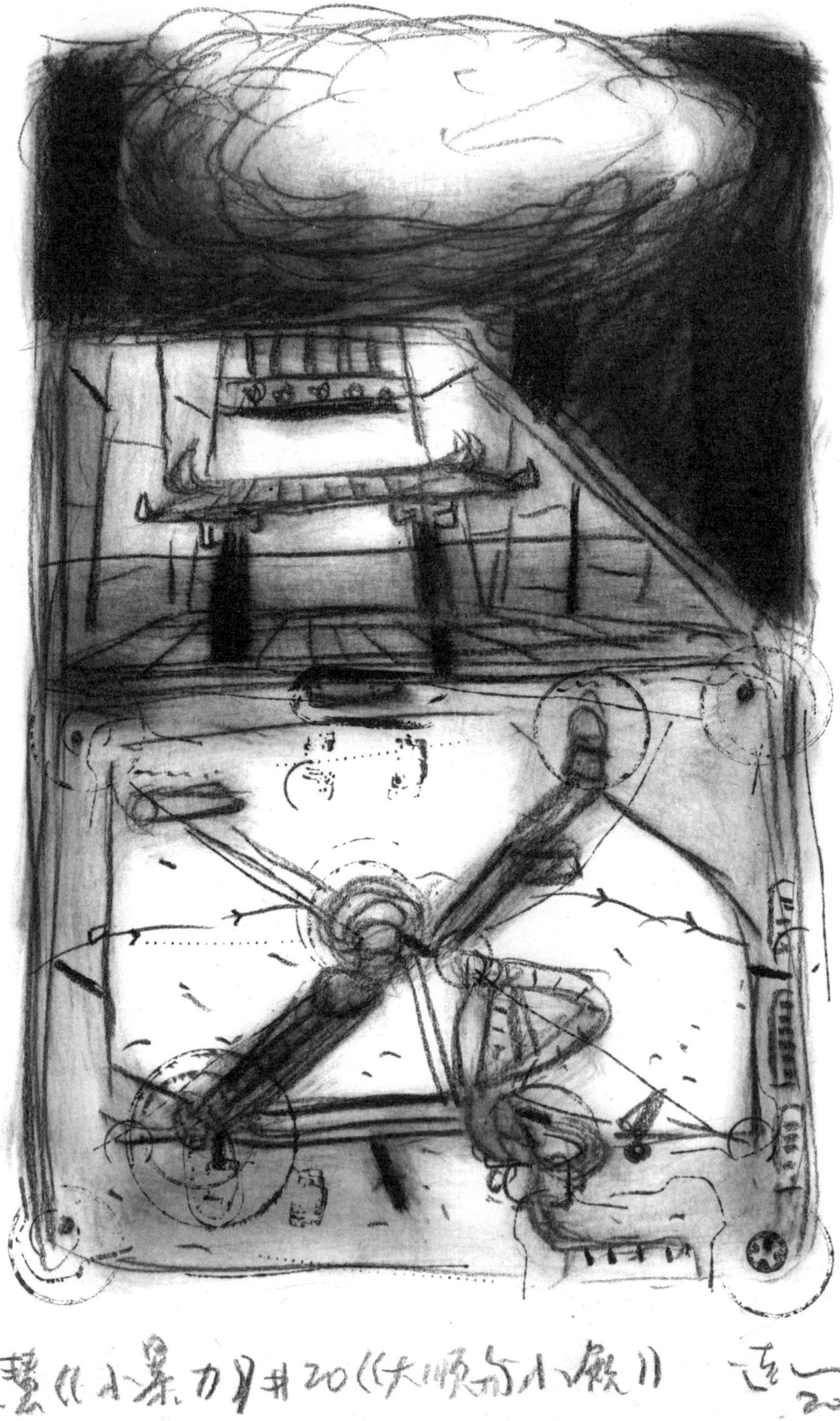

東藝《小集力》#20《大順前小殿》 連一 2024

二十一：小顧與周郁芬

1.

周郁芬掛斷電話半小時後，小顧來到她所住的旅館。小顧把口罩戴得嚴嚴的，跟職員再三確認因公務進入防疫旅館的程序與守則，職員拿著小顧的刑警證一直在看，很明顯就是找不到拒絕小顧入內的理由，只是仍猶疑著。小顧擺出不耐煩的神情，從職員手中取回自己的證件，逕自往電梯走去，身後並沒出現任何阻止的舉動。小顧走進電梯裡，發現要磁卡才可啟動，就從電梯內伸出頭來向職員示意，職員如夢初醒似的，匆忙上前，一臉抱歉為小顧按動了周郁芬所住的樓層。

周郁芬雖然知道小顧總有辦法可以進來，不過開門看見帶著鹹豆漿和飯糰的小顧，還是禁不住對他燦笑。單人房間不大也不小，十坪左右，小顧把椅子拉到距周郁芬最遠的位置，遠遠看著周郁芬吃得津津有味，忍不住問，你好餓哦？周郁芬微笑道，現在的生活狀態，明明的尋常竟變得珍貴，意料之外的食物也好像特別好味。小顧又問，第幾天？第三天。難受嗎？我覺得好像監禁似的。周郁芬說，我還好，一個人安靜過幾天而已。小顧沒再說話，周郁芬默默吃完，再把口罩戴好。

小顧說，我只是擔心洪安安，我不知道白大順要見我，跟他爸要對付洪啟瑞是否有關。周郁芬說，安安跟夏木在一起，你不用擔心，喔，夏木是我兒子。小顧點頭，續說，我獨自行動，我只對自己負責，只是現在牽扯到安安，而且事情的發展實在有夠怪，我不知道白龍和大順父子在想什麼，所以才想到要找你談一下。要我提醒安安什麼嗎？我應該跟他說什麼？小顧搖頭，周郁芬看著他，良久，小顧仍在沉思，周郁芬想，這人真沉得住氣。小顧終於開口，你知道最奇怪的是什麼嗎？大順居然要我買蛋捲給他吃。大順說的那間店，周郁芬知道，最有名的是花生餡。所以你會買蛋捲去見大順？小顧點頭，說，我就當面問他想幹什麼好了。

小顧準備離去，回頭鄭重跟周郁芬說，謝謝你。周郁芬明白了，小顧只是想要跟人對話一下。

小顧忽然被絆了一下，險些跌倒，那是一張顏色與旅館地氈非常接近的瑜伽墊。

周郁芬解釋，我是怕一直困在房間裡，運動量不足，就想起碼早晚得做一些伸展，於是上網訂了這墊子。小顧好奇，原來貨物都可以送進來？周郁芬說，可以呀，旅館有自己一套代收和交付給客人的方法。很厲害，維持日常。對，我簡直覺得網購和外送，是這段非常時期裡，沒穿衣夫人訂製服的超級英雄。

周郁芬關上門，將瑜伽墊子重新鋪好，卻不是擺出瑜伽式子，弓步、彈踢、馬步、歇步、撲步，房間的大小，剛好夠周郁芬走完一套五步拳。

2.

周郁芬在兩天前的傍晚從香港回到台北，飛機剛降落，可以解除安全帶的燈號才亮起，她第一時間打開手機電源，查看香港的新聞。半個小時前，警方召開了記者招待會，發佈了警官俱樂部爆炸案的相關訊息。跟周郁芬在候機室看到的新聞報導相去不遠，並沒有增添更多關於犯案人的資訊。周郁芬拉著行李箱輕鬆離開機艙，沿步道指引走過檢疫區，毫不在意周遭乘客與檢疫人員的如臨大敵。

周郁芬看上去彷彿是剛享受完南歐海岸陽光景色的度假人士。她心中有久違的快活，勝似十萬字的小說終於脫稿。在通過海關的時候，她終於想到合適的形容詞：

成就解鎖。這不是她平日會使用的詞彙，她更常想到的應該是「第一次」；獨一無二、可一不可再。人年紀越大，生命中的第一次，只會越來越少，就算出現了，往往只是印證了衰老的事實，例如老花眼與心血管藥物。這第一次是夏木帶給她的。寧謐月光洒落在他背上，棍棒做成的斑駁傷痂如怪異刺青，無人能解讀。她看見了，來不及闔上眼，從此以後，終其一生，每次閉目，都會看到男孩在暗巷中被施暴。救贖從來只會出現在小說與電影之中，然而周郁芬作出了抉擇，她動了手，她不再是觀眾和讀者。此刻只有「成就解鎖」四字能恰如其份傳遞她的自豪。

周郁芬在手機的應用程式中預訂了防疫旅館，她不打算通知李立中，也沒告訴夏木和安安。她要獨處，在生平第一次成為貨真價實的罪犯之後。

她酣睡了十二小時，醒過來之後吃旅館提供的便當，吃得狼吞虎嚥，扒光飯粒。打了一個飽嗝之後，竟有了睡意，她沒抵抗，轉身爬上床倒頭就睡。

又過了十多小時，周郁芬悠悠醒轉，第一件想到的事情是出門跑步，很快就記起了自己是在防疫隔離的狀態中。她拉開窗簾，窗外景色陌生，一如她所經歷的。她沒有被困的感覺，新鮮帶來敏銳，彷彿在最深邃的內部，有沉潛蟄伏已久的奇異生靈正慢慢甦醒。她伸展四肢，就像每天都在做這樣的日常運動，很快發現自己的動作似曾相識，她打開短片頻道，果然，這是五步拳沒錯。《小暴力》裡有兒子被霸凌的單親媽媽，在《無盡溫柔》中，周郁芬任由命運恣虐，只是事隔多年，她寫著寫著，竟生出不忍。周郁芬最後授予單親媽媽一套簡易的傍身功夫，實用而不致於太天馬行空，她看了好多武術短片，最後選了五步拳。沒想到她記下來了，以為只是書寫而已，卻入骨入血。五步拳練完，痛快。

她想起曾經讀過的易經，「君子藏器於身，待時而動」，啊，如今才終於明白箇中意義。她跟自己說，一定要把這個告訴夏木。

還有，她決定了，要跟李立中離婚。她可以等到他升任系主任的時候，讓他覺得是她配不上他，讓他好過一點點。

周郁芬已經不是兩天前無故離家出走的中年女人，命運轉折，不過如此。

3.

小顧在車上剛吃完從早餐店買來的漢堡，蛋捲店的鐵門徐徐往上升起，他下車走進店裡，店員仍在準備開店的狀態，木然介紹著店內的各式蛋捲，正眼沒看過小顧。小顧打量店裡，包裝盒的外觀都一樣，只知道全都是蛋捲，忽然想起周郁芬昨晚說的，就吩咐店員給他花生餡的蛋捲。

小顧帶著花生餡的蛋捲，開車前往新店，沿路交通暢順。過了新店溪，快到戒治所時，手機響起，來電的是副大隊長，小顧想了一下，沒接，手機響了半分鐘才停下來。很快就傳來收到訊號的提示音，小顧沒理會，專心往戒治所駛去。

學弟將小顧領到會客室，大順已在等候，小顧遞上花生餡蛋捲，大順接過，沒理會小顧，打開包裝取出蛋捲大啖吃。

小顧沒在生氣，只是不明白，他問，你想要什麼？你不會只是為了吃蛋捲吧？

大順沒回答，瞅著小顧仍在吃蛋捲。小顧沒看錯，大順眼裡有笑意，他想起安安，二人都有這種笑容，就是快要死掉，仍是不把一切看在眼裡的笑容。

小顧站起，搶過大順仍抓在手裡的蛋捲，丟在地上。

大順聳聳肩，伸手掃淨了桌上的蛋捲屑，抬頭看小顧，眼裡仍是漫滿不怕死的笑意。大順說，我想出去。

小顧轉身就走。

小顧開車離開，經過碧潭大橋時，學弟來電，氣急敗壞，你給白大順吃了什麼？

白大順有花生過敏症。小顧終於明白大順的笑意。

因為是學弟，所以小顧可以帶東西給大順吃。因為花生蛋捲是小顧帶進來的，戒治所唯有將白大順送去他指定的醫院。

小顧趕去醫院，遠遠已看見白龍幫的手下，三三兩兩，走進醫院裡。制服員警也來了不少。

小顧把車停在路邊，心裡確實沉了一下，不過很快就緩過來，提醒自己攪清楚先後次序。

小顧打開了訊息，傳來副大隊長的咆哮，不要以為我不知道你在幹什麼，洪啟瑞你惹不起，我命令你立刻滾回來。

二把手要是沒騙他，事情在明天晚上就能解決。比較緊急的是大順。

小顧打給周郁芬，說，告訴安安，大順在醫院，沒大礙，他大概想逃，但應該沒那麼容易，警察和他爸的手下都在，兩邊都不會想他跑掉，還有，安安明天晚上就可以回家，因為，洪啟瑞會被抓。

陳慧《小暴力》#21
2024

二十二：周郁芬與金理高

1. 周郁芬樂此不疲地在販售電子書的網站上搜尋著，隔離的狀態迫使她接受一些過去不會考慮的選項，沒想過卻成為她新發現的遊樂場。那些紙本版厚甸甸的小說份外能得到她的歡心。電子閱讀器前天早上送抵旅館，她就忙於更新閱讀器內的藏書量，知道從此可以把家中書架上的書本都帶在身邊，無比愉悅。疫情好像也沒有那麼可怕。她正要把《卡拉馬助夫兄弟們》放進購物籃時，接到小顧的來電。

掛線之後，周郁芬盯著電腦螢幕發怔，面前有兩項選擇，「加到待購清單」或「移除」。她忽然想起《卡拉馬助夫兄弟們》裡的弒父情節，世間事物彷彿都互為表裡，最後她選擇了結帳。

周郁芬關上電腦，接通了夏木的電話，夏木還沒來得及問她在哪裡，她就吩咐換安安來說話。她問安安，你知道《卡拉馬助夫的兄弟們》嗎？安安說，知道，外公的書架上有，我還沒看這一本，只看過《罪與罰》。周郁芬發現自己有點低估了洪安安的閱讀量。周郁芬問，為什麼會看《罪與罰》？安安答，外公說這一本精采，他說好看的都沒差，果然書中人物多，夠熱鬧，各有各的說法，每個都難忘，而且我喜歡謀殺案。周郁芬就說，有空也看一下《卡拉馬助夫的兄弟們》。為什麼？裡面也有謀殺案，不過這是弒父。哦。然後電話兩邊都沉默下來。

大概是夏木在旁邊急了，安安開腔問周郁芬，你打來就只是叫我看杜斯妥也夫斯基？

周郁芬說，小顧要我跟你說，你明天晚上就可以回家了。安安沒說話，周郁芬知道他有在聽，就繼續說，接下來的這件事跟你爸沒關係，大順食物過敏從戒治所移到醫院，沒大礙，他大概是想找機會逃出來，不過他爸和警方都看得緊，小顧覺得應該讓你知道。

安安什麼都沒說就把電話掛斷。

夏木很快回撥過來，說，他在生大順的氣。周郁芬說，我知道。夏木問，所以你從香港回來了？嗯。在居家隔離？周郁芬聞言狐疑，你們不在家？夏木說，我和安安在他外公家。周郁芬記起安安曾經答應洪啟瑞，會上外公家給他帶東西，雖然不知道是些什麼，但能想像應該是值錢的東西。

周郁芬說，我在防疫旅館，為什麼你知道我到香港去了？夏木說，我打給夏木了，他說有奇怪的女人上他家去。然後二人就沉默了。

夏木似鼓足了勇氣，開口是廣東話，說，所以你已經知道我唔係夏木……

周郁芬說，無論你叫什麼名字，我都會去做那些事情。

你做了什麼？

你不必知道，從此以後，你就是夏木。

夏木小聲問，為什麼？周郁芬說，有沒有聽過一句話，『人人為我，我為人人』？夏木答，有，好像是五十年代粵語片的一句對白。對，那是《危樓春曉》，說出這句對白的是吳楚帆，但其實在更早之前，這句話寫在大仲馬的《三劍客》，說的是肝膽相照，榮辱與共的騎士精神，老派的態度，但並沒有過時，尤其是處於困頓之中，如果你要我回答你的為什麼，我就給你這一句。

掛線前，夏木跟周郁芬說，我發現自己最近有點奇怪，不知如何總是有想哭的衝動。周郁芬說，是累了，要不然就是生氣或是孤單，但有時候，只不過是餓了，還有，安安外公的書架上應該有《三劍客》，有空找來看看。

夏木說，好，我找書去，再看有沒有餅乾可以泡牛奶。周郁芬笑了，這確是夏木小時候愛吃的，然後又吩咐，好好吃飯，同時好好陪著安安。

2.

李立中終於找到周郁芬，在他躲在辦公室吃便當的時候。

自從周郁芬失約文學院與通識課程合辦的講座後，李立中就沒再出現在大學裡的飯堂、餐廳和咖啡室。他的動線就只是從停車場到辦公室、辦公室到教室，然後再到停車場，就是這樣。便當是工讀生買回來的，一貫的不好吃。李立中拿起手機，分散自己對食物的注意力，滑手機間跑出來他與周郁芬的合照，當時沒留意，現在總算看清楚了，他得意洋洋，周郁芬則笑得勉強。當年今日，六年前的今天，諸如此類。當天他把周郁芬帶來辦公室，因為他下午有課，拍攝者是剛好路過的金理高。李立中興高采烈向金理高介紹周郁芬，說，我們剛結婚，今天早上去戶政事務所辦了手續，下課後就會去酒店吃自助餐，你要不要一起來？最後卻是化學系的同事都來了，都是金理高叫來的，並不是吃自助餐，而是在高級餐廳坐滿一長桌，吃法國菜，還開了好幾瓶叫價過萬的紅酒，重點是，買單的是金理高。這事情讓李立中很不爽，只是他也說不清楚不爽的是什麼。回家之後，周郁芬默默聽著李立中在發牢騷，訴說金理高的種種不是，周郁芬什麼也沒說，然而李立中就是知道她不懂，還有就是，他幾乎肯定她覺得他笨。後來李立中做所有事情，好像都是為了證明自己有多聰明，起碼是比周郁芬和金理高聰明。李立中端詳照片良久，把筷子一放，飯也吃不下了。

李立中接通了周郁芬的手機，要說是掛念，更多的是心有不甘。沒想過電話那頭很平靜的一聲，喂，一般日常，什麼也沒發生過一樣。李立中先是一呆，大概是忽然不知道該說什麼，空氣死寂十五秒之後，就開始罵起了夏木和洪安安。

李立中怪他們沒禮貌，明明說好了要帶他們去吃鐵板燒，卻什麼也沒說就不見人了。

好不容易李立中停頓了一下，周郁芬淡淡回了一句，你就不要跟小孩們計較了好不好？我還沒怪你把我的小孩弄丟了呢。李立中又呆了，半晌，才弱弱的回了一句，你什麼意思？我都找不到你。周郁芬笑了，不是你打來我就立刻接了嗎？李立中又啞然了。

周郁芬問，你找我有什麼事嗎？李立中更困惑了，這麼簡單直接的問題，他就是回答不出來。他支吾著，終於想到了非常具體的事情，他問，你要跟我離婚嗎？周郁芬語氣平緩，說，是的，不過，不急，看你的時間安排，你當上系主任再說也不遲。

李立中沒回話，周郁芬一直在等，她知道李立中受不了人家掛他的線。

電話那頭有些擾攘，好像有人走到李立中身旁，然後，電話那頭有人跟周郁芬說話，卻不是李立中，恃熟賣熟的語氣，喂，周郁芬？真的是你啊……

周郁芬認出來，說話的是金理高，一貫的輕率自大，滔滔不絕。我金理高呀，好久不見，那天你不是說要來演講嗎？是立中攪錯了嗎？好想念你啊，我說啊，妹子，你幹嘛把立中老弟弄哭了？哈哈哈哈，你們好青春耶！明明的老夫老妻還來這一套……

周郁芬錯愕，李立中在哭？不過就算李立中在哭，也絕對不會改變她對李立中的看法。她只想跟金理高說，有一天你死在李立中手上，也是活該。她當然什麼也沒說，靜靜掛線。

3.

這一個多星期以來，周郁芬的生活就是一連串的打破習慣、棄守日常紀律。她平日在家裡絕不會和衣躺在被蓋上，如今她一整天窩在床上，和她的電腦和電子閱讀器在一起，看劇集同時看書，偶然寫下兩、三行斷句，小食就在床邊，伸手可及，想吃就吃，累了推開電腦，倒頭就睡。不管日夜，想做什麼就做什麼，無比暢快。周郁芬想，是因為隔離的狀態嗎？房間之外，疫情蔓延的恐懼如此真實，堅固日常轉眼變成沙堆城堡，輕易崩塌，時間亦隨之失守……。

這一切好像都發生在遇見夏木之後。

她甚至下載了交友軟體，輪番跟幾個男生聊了一天一夜，幾乎要來一場電話性愛的時候，她把交友軟體刪掉了，只覺得無聊透頂。她想像要是李立中知道了會有何反應，禁不住哈哈大笑。她想起李立中一直說她懶，他的說法是這樣的，我都不知道你在幹嘛。如今她就是什麼也不做只是躺著。她想到金理高說的，她把李立中弄哭……。她幾乎看過李立中的眼淚，那是他約會她的第二或第三次，在陽明山上的戶外咖啡廳，他說起自己一直以來的用功，然後，他向她提起了從未跟別人說過的事情，就是他的父親載著姊姊在回家路上發生車禍，他母親堅持他必須出席指考而缺席了父親與姊姊的喪禮。她感受著他情緒的微妙震動，她幾乎以為自己碰觸到他內心的時候，他說起了金理高。他說他從小到大，總是遇見金理高，或，像金理高這樣的人，沒有比他厲害，卻總是看上去好像優勝了那麼一點點，最重要的是，這些金理高，都比他受歡迎。李立中說，金理高甚至一早結了婚，他的老婆是助理教授。周郁芬明白，李立中正在向她示愛，用他近乎化學程式計算的方法。周郁芬驚嘆李立中內心的強大，那大概是一種機械構造，精密的開啟與關合。周郁芬記起了相約在戶政事務所外碰面的那個早晨，還有下午在李立中的辦公室裡，金理高為他們拍的那張合照。

手機響起，周郁芬訝然，來電的竟是金理高。電話接通，金理高在哭泣。他哭著跟周郁芬說，為什麼李立中要逼死我？

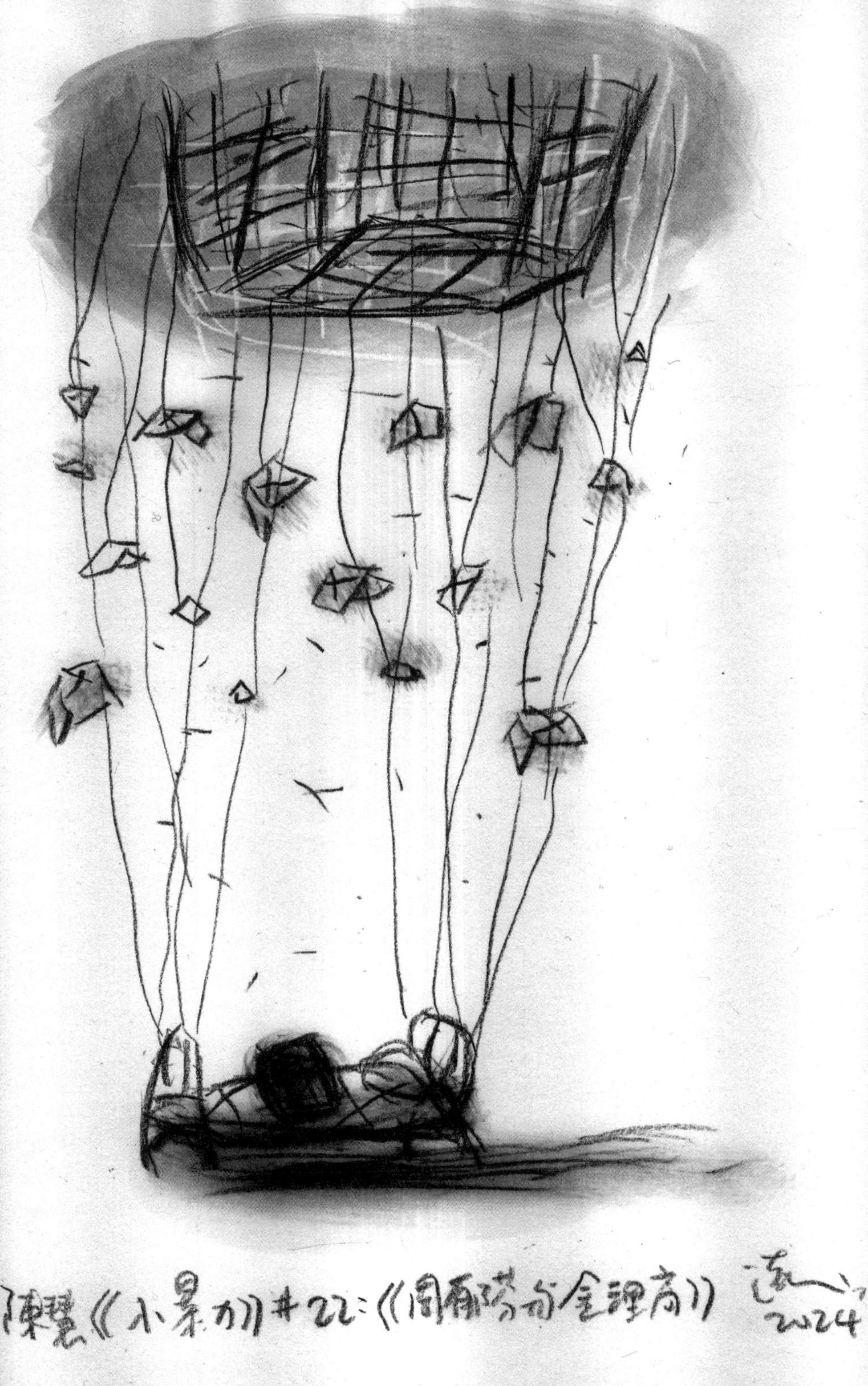
#22
2024

二十三：金理高與洪啟瑞

1. 金理高不願意承認，其實他一直對李立中心存嫉妒；這真的很奇怪，李立中耶，沒有人喜歡、充滿缺點的李立中耶。

金理高常常跟人提起他第一次遇見李立中的情景；在化學系的新生營上，李立中很快成為焦點，因為他就是那種女生口中的理工直男，其實就是缺乏社交能力，偏偏卻又充滿自信得惹人厭，到處問人知不知道他是誰，說他就是高考化學滿分的李立中，當然輕易就成為被訕笑的對象。可是李立中一點都不在乎，金理高猜想他應該就是從小慣於應對霸凌，完全沒把大家放在眼內，大概就是「我好不容易熬過國中高中，現在到了最高學府，你們不是還要打我吧」的意思。最後李立中被大家灌醉，吐在一位學姊身上，一場鬧劇。金理高並不喜歡懷舊，他說起當天種種，只為了向大家證明，這些年來，李立中真的一點都沒有改變。

當金理高發現李立中應徵系上的助理教授，第一個反應就是深深的厭惡，他打從心底抗拒李立中成為同事。那時候金理高剛成為系教評會和院教評會的委員，深自慶幸自己日常都有在努力討系主任的歡心，並且心甘情願接下那麼多額外的行政工作，令他在系上聘任的事情上擁有了些微的話語權，他幾乎在第一輪就要把李立中刷掉。他清楚記得那極其不尋常的失眠晚上，他一直在想著李立中；李立中的不合群，如何被系上同學排擠、孤立，然而他卻依然目空一切，不把大家放在眼內。李立中半夜起床找餅乾啃，他不是餓，是李立中的我行我素令他牙癢癢。金理高無法不記起李立中幾乎都是滿分的總成績，啊，還有，李立中仍沒畢業，就在「化學工程學會會誌」上發表文章……。或許是夜靜，或許是窗外晨星閃耀，金理高內心竟生出了一股極其陌生的折服感。天亮之前，金理高終於想通，第二天，他力排眾議，力陳李立中這些年來的學術成績，還有他發表過的論文，認為他最大的問題就只是與人相處稍欠圓滑，但系上確實需要這樣的人材云云。

李立中第一天到系上報到，系主任就對李立中說，你可以到我們系上來，你得謝謝金理高為你說盡好話。

金理高清楚記得李立中當時的反應，李立中瞪了系主任一眼，那表情彷彿剛聽見系主任說了一些很笨的話。金理高一點都沒生氣，只有他明白李立中的重要。李立中在系上十年，他不願接下的工作，無人可勉強，他抗拒行政工作，也不會去當校內的委員會委員，從系主任到學生，都不敢拿教學以外的事情去煩他，也沒人敢動他的研究。李立中是化學系的招牌，同時也令人恨之入骨，因為他總是來者都拒，要他額外付出的，他一概說「不」。這些年來，金理高卻是為李立中說盡好話，讓他無驚無險從助理教授升等副教授，然後又從副教授升等為教授。

系上只有三個教授，系主任、李立中和金理高。就是因為李立中的存在，才能顯出金理高的圓通、成熟、好人緣、處事得體，發光發熱。只有金理高知道李立中有多重要。

直至金理高發現李立中居然娶了個作家當老婆，還有就是，他居然想要當系主任。他居然。

2.

金理高在李立中的辦公室裡第一次遇上周郁芬，他是這樣介紹自己的：從前我是這宇宙裡，最明白李立中的人，現在我是第二個。當李立中因為情商低而做了什麼或是說了什麼，金理高就會朝周郁芬打眼色，裝出很懂周郁芬的樣子。然而周郁芬都裝作沒看見，這令金理高很不爽。李立中憑什麼能跟周郁芬成一對？而自己的老婆，當年明明是飄逸文青，還拿過文學獎的新詩組優異，為什麼現在卻是嗓子大行為粗野？金理高說不清楚，卻實實在在的感受到委屈。

從前系上聚餐，李立中都會拒絕出席，這習慣婚後卻改變了，而且一定會帶上周郁芬。獻寶一樣。周郁芬也很給李立中面子，每次都來，每次都客氣地跟大家有說有笑。金理高看著只覺心煩，一而再的在周郁芬面前訕笑李立中，上癮一樣。然後，有一次，當金理高從洗手間出來，發現周郁芬擋在走道上，周郁芬說，請尊重我，不要拿李立中當笑話材料。說完轉身回到席上，沒事一樣。沒要多餘的字，臉上有淺淺的笑容。金理高震驚，從來沒有人這樣跟他說話。那天晚上他一直灌李立中喝酒，大概是想大家見證李立中當年吐在學姊身上的情景，然而最後醉倒的卻是金理高。

第二天，愛打小報告的助教小正告訴頭痛欲裂的金理高，李立中的酒量很好，一直都很好，當天在新生營會上喝醉，只是想吐在學姊身上……。

金理高衝到李立中的辦公室去，問，你想當系主任是不是？李立中眨眨眼，點頭，那表情就是，金理高你多此一問。

金理高非常生氣，你憑什麼跟我爭系主任？

李立中說，就憑我懂的比你多，我的學問比你豐富，我指導的論文比你出色。說完一臉不耐煩的朝金理高揮手，示意他離開自己的辦公室。

金理高解釋，自己只是宿醉未醒。好像是系主任吧，就跟他說，你問得很有道理啊。也不知道是真心還是安慰。後來金理高就一再重複的把當天他衝進李立中辦公室的事情跟人家說，漸漸大家都在問，李立中憑什麼跟金理高爭當系主任？

金理高知道大家喜歡他，不過午夜夢迴，他總會想起李立中回他的話，他很清楚李立中說的是真話，他一直都知道李立中有多厲害，就算有一天他能當上系主任，大概也有偷來的感覺。

然而就算金理高想當賊，也不知道該如何當。直至他遇上洪啟瑞。

3.

洪啟瑞真是不折不扣的賊。

三年前，金理高抓住「產學合作」這尾大魚，一口氣解決系上實習費短缺和招生不足的問題。系主任立馬把他推上校務會議去當發展委員，金理高真心相信，系主任退休後，接任人選非他莫屬。

只有李立中不賣他的帳，教程上繞過所有「產學合作」的項目。金理高樂得看見李立中在系主任眼中成為毫無價值可言的人，所有企劃案都在他統籌下完成。物理系甚至要來借金理高的計劃書當藍本，那陣子金理高在外開會的時間，比授課時數還要多。

大學借助產業，部份企業也藉著學術界的技術研發，與經濟部、國發會、國科會扯上關係，也因此引進了一些基金會和科技發展組織。金理高發現，隨著開會次數增加，那會議桌是越來越大，與會者的層級也越來越高，會議上完全輪不到金理高說話，金理高想，沒關係，我能參與就好，企劃書上的作者名字還是我。

毫無預兆，企劃書上的作者名字被換成洪啟瑞。

金理高茫然，好不容易攪清楚誰是洪啟瑞，他剛好在發言，說他與團隊如何發展出此企劃案。金理高訝然，洪啟瑞瞪他，怪他沒做好表情控管的意思。座上有長官，金理高坐立不安，好不容易散會，追出去向洪啟瑞討名片，才知道洪啟瑞是「梅花科技文教基金會」的委員長。金理高指著洪啟瑞手上的企劃書結巴說，這是我寫的。洪啟瑞看牢他，說，我用了。然後用企劃書拍一下他的肩膀就往前走，也沒看金理高，向空氣補了一句，有空喝咖啡。

金理高當然知道「梅花科技文教基金會」，國內好幾間具影響力的科技公司，其中的重臣甚至老闆，都是基金會栽培出來的，只是想不透洪啟瑞的來歷。打探之下才知道，當初成立基金會的梅葆真，原來是洪啟瑞的外父。梅葆真當年雖無官職，影響力無遠弗屆，要錢有錢，要人有人，只是大家都想不透他何以想到成立資助科技業的基金會，當然多年之後，就明白這姓梅的不愧是總統身邊的隱形謀臣。

金理高真的打去約洪啟瑞喝咖啡，只是接電話的都是祕書，都說洪委員長在忙。

又過了好幾個星期，金理高已投入到另一個企劃案，卻收到洪啟瑞的來電，劈頭就說，我在喜來登二樓安東廳，你現在過來。

金理高趕到的時候，洪啟瑞剛吃完頂級乾式熟成牛排，他點了威士忌，為金理高點了黑咖啡。

洪啟瑞問金理高，你什麼時候當上系主任？

《小暴力》
2024

二十四：洪啟瑞與小顧

1.

金理高一直沒有忘記那天會議桌上的事情，洪啟瑞的侃侃而談把他唬住了，他幾乎以為攪錯的是自己，這企劃案怎麼可能不是洪啟瑞跟他的團隊發展出來的呢？金理高閉上眼就會浮現洪啟瑞瞪他的表情，還有洪啟瑞回他的那句話：「我用了」。甚至無需補充「是的」跟「對啊」，完全就是簡要清晰有力的陳述。金理高憤憤不平，洪啟瑞偷了他的企劃案，竟然可以那麼理直氣壯，而結結巴巴的卻是自己，為什麼？

金理高細細思索，發現洪啟瑞所做的事情不叫偷。他小時候把媽媽擱在碗櫥的買菜錢偷偷拿走那才是偷，他是小偷，而洪啟瑞，是賊；大賊，凶猛的悍賊，要什麼拿什麼，明刀明槍的搶。這讓金理高想起國中二年級的霸凌事件。

金理高在回家路上被同級不同班的三個男生攔住，他被揍了，拳頭打在肚皮上，很痛，但不致令他倒地不起，衣服也沒弄髒弄破，所以大人都沒有發現，只有他自己知道，好不容易存了幾個月的三千多塊錢全被搶了。其中有媽媽的買菜錢，怕被媽媽翻出來會被沒收，所以錢都帶在身邊。他想起午飯時跟同學吹噓，錢儲夠了要去買新的遊戲機……。所以這是活該？要怪自己洋洋得意嗎？金理高一夜沒睡好，第二天進了校舍就一直低著頭沿著走廊步往教室，冷不防被人推撥了一下，整個人跌撞在牆壁上，很痛，清醒過來，認出就是昨天傍晚在路上堵他的其中一人，即時反應竟是害怕躲閃，逃命似奔進教室中。一整天金理高都心緒不寧，他氣對方拿了他的錢還要作弄他，更氣自己心中的害怕。這是沒有邏輯與因果可言的經歷，如此的驚詫無措、憤恨與恥辱，金理高從未遭遇過，他覺得自己快要瘋了。下課鈴聲早已響起，老師卻仍在吩咐作業的事情，金理高心神不屬，逕自站起推椅收書包走出教室。最後當然是被老師抓去教務處外罰站。金理高認得身旁的罰站常客，國一的時候曾經同班，身型比同齡的壯碩，成績卻是全級最差的，於是升上國二之後就沒再在同一班上。這高個子也認得金理高，因為考試的時候剛好坐在一起，他要金理高給他看答案，沒想到金理高真的讓他看了。他不知道的是，金理高其實也沒好好溫習，那答案只是胡亂填的，金理高想，你要看就給你看好了，並不覺得有任何損失。卻讓高個子生出了好感。二人小聲地在教務處外說起話來，敘舊。就在這時候，早上在走廊故意推撞金理高的人剛好走過，看了高個子和金理高一眼。金理高詫異對方眼神中竟有著疑懼。高個子反應很快，問金理高是怎麼一回事，天黑之前，就把金理高昨天被搶走的錢取回來。

金理高從此明白了一個道理；要跟一群人裡最凶猛的人當朋友。

所以他鍥而不捨地要約洪啟瑞喝咖啡。

2.

洪啟瑞喝的餐後酒是大摩，二〇〇三典藏，瓶裝大概一萬五千元，金理高知道，因為他曾經買來送禮。金理高在送禮之前想得細密，這禮物昂貴，但又不想讓對方覺得他只是擺場面，要能顯出他的品味與貼心，於是自己先嚐過。所以他知道這威士忌有蜂蜜和果實香氣，尾韻是英式果醬的甜香。當天金理高向受禮者暢談這威士忌的風味與口感，令人印象深刻，大家都覺得他真會挑禮物。他看著洪啟瑞大口呷著，自己又咽下了一口涼掉的黑咖啡。

威士忌是洪啟瑞存放在餐廳的，聽洪啟瑞與侍應的對話，金理高知道，為這瓶威士忌買單的，另有其人。金理高想，大概是另一個有求於洪啟瑞的人。洪啟瑞並沒有叫侍應多拿一個杯子過來，而是把隨餐附送的黑咖啡推給金理高，金理高清楚洪啟瑞怎麼看自己。

金理高明明喝的是涼掉的咖啡，那神情卻像在品嚐波本橡木桶中熟成的威士忌。

洪啟瑞有點看不過眼金理高的自在，正眼沒瞧金理高，向著空氣發問，你什麼時候當上系主任？

金理高放下手中的咖啡杯，彷彿那是江戶切子水晶玻璃工坊的出品，神色淡定。最近出現了一些針對「產學合作」的負評，甚至出現了極端的評價，認為這是一場學術騙局，於是，以「產學合作」掙來名聲、地位和支持度的金理高，漸漸被人在背後質疑是在打假球。系上運作多年，難免會出現一些規矩亂套的現象，說著說著，竟都算在「產學合作」帳上，自然又都歸在金理高名下。於是開始出現一些議論，說還是專心教學、不亂賣帳的李立中更好。

金理高說，最近有些變數……。

洪啟瑞盯住金理高，像被惹惱隨時噬人的大型犬，金理高把他看成當年陪罰站的高個子同學，用悄悄話的聲量說，我有個同事，一直在找我麻煩。洪啟瑞一臉不耐煩，你沒本事除掉他，我跟你也沒有什麼好說。

金理高笑一下說，那就談一下我的學生好了。

洪啟瑞忍不住瞄了一眼自己手中的杯子，明明沒喝很多，為什麼會聽不明白金理高在說什麼？可能真的醉了，他居然由得金理高侃侃而談。

金理高提到一個叫蔡志強的博士生。蔡志強在金理高的指導下，論文寫了三、四年都沒完成，後來就明白了，蔡志強也不是真的要畢業，只要可以一直被人叫博士候選人就感覺良好。那跟蔡志強家裡有莫大的關係，家裡是開廠的，這蔡志強從沒實際的工作經驗，大學念了六年，畢業後念了兩個碩士，偶然家中長輩嘮叨，就去家裡的工廠上班，每次都不會超過三個月，又偷偷溜回台北。工廠在南投，七十年代初成立，最早的時候生產電子產品和模組，後來供應鏈的重心移向通訊類產品，還有工業類與醫療以至車用電子產品，工廠亦轉型成科技股份公司……。

洪啟瑞聽懂了，沉思良久，說，叫他去當立法委員。金理高沉吟，對蔡志強的吸引力不大吧？洪啟瑞待侍應走遠，正色對金理高說，我準備成立政黨。

那天晚上，也是金理高第一次見識到洪啟瑞的野心有多大，怪不得他搶了人家的企劃書可以面不改容，他根本沒放在眼內，那並不是他在乎的東西，區區一個企劃案的幾千萬如何能滿足他？洪啟瑞要的，是當黨主席。

3.

家族財力加上人脈，蔡志強果然在年初選上了立法委員，並且按洪啟瑞的吩咐和安排，爭取加入了立法會裡的「教育及文化委員會」。擔著這些頭銜，蔡志強當上「梅花文教科技基金會」芸芸顧問中的一員，然後又以學術界前輩、恩師的名義，把金理高推薦進基金會裡當委員。看在旁人眼裡，金理高能躋身基金會，是蔡志強的緣故，跟洪啟瑞一些關係也沒有，人們還在嚼舌洪啟瑞當初如何搶了企劃書的事情，卻不知道金理高是洪啟瑞在基金會裡的不貳擁護者。一輪投票運作，洪啟瑞順利掌控了基金會的財政大權。

金理高想，何止是系主任，將來大概應該會當官。

事情來得很急，就像如今在城中肆虐的瘟疫。那本來是一個沉悶至極的週三晚上，但因為署名kickprof的作者在批踢踢上發表了文章，化工界學術圈立馬熱鬧得有如媽祖遶境。文章指出剛當選立法委員的蔡志強，博士論文抄襲，指導教授金理高知情不報，事涉包庇，言之鑿鑿。署名kickprof的李立中本來只想在系上掀一陣茶杯風波，沒想過短短數小時內，留言區流出更多內幕消息，一發不可收拾，不止標註了金理高，說他本來就是學院裡很懂跟政經界打交道的教授，還牽扯出快將成立的政黨。

成立政黨並不是兩、三個人在玩家家酒，這根本不可能是藏得起來的祕密，不過大家都在觀望，看熱鬧的心態居多，直至洪啟瑞拿下基金會的財政大權，大家不得不認真起來。

這批踢踢的文章，來得真不是時候。

小顧可能是最早發現洪啟瑞急躁的人。小顧注意到，上週開始，洪啟瑞不止週二、週四來到三五三巷，他幾乎是晚晚都來，而且離開的時候，之前裝作互不相識的幾個人，現在好像有說不完的話，在登車前仍聚在那裡小聲議論著。

小顧認出了其中一個，是中部的新進立法委員，他回鄉投票的時候，在路上遇見這人在拉票。小顧的票沒投給他，除了年輕、家裡有錢，小顧找不到更多支持他的理由。

認出了一個，其他的也就不難尋索出來了。

陳藝《小暴力》#24.
2024

二十五：小顧與洪安安

1. 小顧把手機上的照片打開給副大隊長看，照片看上去就像那些爆料狗仔隊的偷拍，幾個男的正從小巷走出來，那模樣姿態一看就是不可告人。小顧三言兩語就向副大隊長說明了三五三巷俱樂部的不尋常，副大隊長聽懵了，沒想過俱樂部的後門居然在完全不相干的另一幢建築物內，神不知鬼不覺就可以從另一條街巷溜走，這操作實在耐人尋味。照片中的人，除了洪啟瑞，副大隊長一個也認不出來，小顧逐個點名，蔡志強、金理高、洪啟瑞的特別助理，西山高島的曾孫，其他兩個，都是商會的主席。

副大隊長抬頭問小顧，他們是什麼人？

小顧耐著性子逐一介紹，蔡志強是新進的立法委員，中部的，年輕，家裡有錢。副大隊長問小顧，你的票投給他嗎？沒想到副大隊長記得自己來自中部，小顧笑著回應，我沒投他。副大隊長冷著臉問，他犯過事嗎？人家才剛上任，你為什麼就能認出他來？小顧說，他最近被揭發論文抄襲，新聞版面上都是他。副大隊長點一下頭沒再說話。小顧繼續，蔡志強旁邊的金理高，是他的論文指導教授，也一併成為話題人物。副大隊長呷了口茶，說，真不好彩，好好的一個教授莫名其妙被扯進來。小顧說，是他自己要蹚渾水，蔡志強當選跟洪啟瑞有莫大關係，蔡志強會跟洪啟瑞搭上，就是金理高在撮合，批踢踢這幾天都在爆這教授跟政經界的關係。副大隊長輕輕的哦了一下，把焦點移到另外三個人，這幾個又是什麼跟什麼？你剛才說這一位是東山高島的曾孫？富三代幹嘛來當洪啟瑞的助理？還有商會主席，不會是剛好同在神祕的俱樂部裡談天吧？

小顧拉了一把椅子緊靠副大隊長坐下，什麼東山高島，是西山高島啦，貨真價實的百年老店，可是你也沒能把商號記住對不對？所以嘛，就要找靠山，他們是買洪啟瑞會崛起，你說得對，富三代幹嘛來當洪啟瑞的助理？把金孫安置在洪啟瑞身邊，就是部署未來是要從政的。小顧跟副大隊長來了個四目交投，確認過副大隊長眼裡的擔憂，又加了一句，對，未來又多一個我們惹不起的人。副大隊長悶哼了一下，說，別亂點評，這兩個商會主席又是要幹什麼？

小顧說，胖子是現代電子商會會長，高個子是國際私募信貸商會主席。副大隊長搖搖頭，沒聽過。胖子在經營的，也是家族企業，商會的會員，都是他的叔叔舅舅表哥侄兒，至於高個子，是台灣人沒錯，不過大本營在澳門。

副大隊長沉吟著，澳門……。聲音裡透著不安，又問小顧，你如何知道這許多？小顧說，我是靠相關的朋友指點。副大隊長說，是記者吧？小顧點頭。副大隊長一臉不悅，他一向不喜歡刑警跟記者走得太近。小顧說，全靠記者朋友挑明，我才攪明白重點，那就是……小顧一頓，副大隊長把頭又湊過來一點，小顧壓低聲音，一字一頓，洪啟瑞要組政黨。副大隊長一愣，他們聚在一起是為了要支持洪啟瑞？小顧卻是搖頭，副大隊長凝神。小顧緩緩說，這不叫支持，他們在投資，這胖子圖的，就是日後洪啟瑞真的當了黨主席，黨裡再出個總統候選人，他就從小商人搖身變成總統的金主，至於高個子……

副大隊長打斷小顧，語氣嚴厲，別說了，這些都跟你無關。小顧一怔，接過副大隊長遞給他的茶壺，知道是要他去泡茶。副大隊長在小顧身後說，你今天什麼地方都別去，乖乖待在所裡，日後你會感激我的。

小顧偷笑了一下，二把手早就叫他別在三五三巷出現，副大隊長你說了算，乖乖待著就乖乖待著，要發生的總會發生，不爭第一時間目擊。

2.

副大隊長五點三十分下班，下班前吩咐當值的員警，要好好看住小顧。這命令沒頭沒腦，員警不敢怠慢，小顧上洗手間他都守候在門外。員警誠惶誠恐，小顧沒在生氣，一派悠然。剛完了任務回到所裡的同僚，看見沒事幹卻被留在所裡無聊透頂的小顧，都覺得怪異，也不明白副大隊長的用意，只是又不敢公然討論，氣氛竟莫名的有點凝重，山雨欲來似的，彷彿在等待預言中的自然災害與橫禍。

小顧乾脆在長沙發上躺下，平日大概五分鐘不到就會被人趕走，今天沒人敢干涉，小顧不知不覺睡熟，做了長長的夢，好像這一生遇過的人都擠進夢境裡來了，醒轉的時候，有些迷茫，以為自己身在客運站，半晌才想起這是員警的辦公區，怔怔的就像那些半夜三更醉在路上被帶回所裡的人。

員警替小顧買來排骨便當，小顧一邊吃一邊想，時間快到了……。

第一張照片在小顧吃完便當之後十分鐘傳來。畫面的訊息量驚人，塞滿了警車救護車還有男男女女。小顧只認出洪啟瑞，大發雷霆的樣子，旁邊一左一右兩個員警在控制住他，明顯是拒捕，後面還有三個同樣是穿西裝的男人，用手擋住臉孔，被另外幾個員警架住停在警車前，另有兩個穿著校服看上去像高中生的女生站在一旁，貌甚驚惶。

小顧很有耐性，放下手機，靜靜等待。半個小時後，負責突發事件的記者打來，聲音裡按捺不住興奮，喂，大謝啦，好厲害，要不是你的預先提示，就會錯過了從大樓送出來的女孩……

小顧想起二把手跟他說的，白龍要送大禮給洪啟瑞。

白龍送來的是女孩，不止一個，都穿著校服，未成年；還有藥。女孩進入俱樂部後，大概過了一小時，救護車來到，從大樓裡抬出了兩個昏迷的女孩。如果小顧自己守在那邊，大概不會對救護車有任何聯想。

記者比員警先到，員警又比跟洪啟瑞熟稔的刑警先到，不應該曝光的全進了記者的鏡頭。

小顧看新聞快報，標題側目，「神祕會所內政經名人涉用藥與未成年少女有不當行為」，內文六百字不到，洪啟瑞、蔡志強、金理高和特別助理、兩個商會主席的名字與頭銜都列出來了，據在現場的高中女生G說，她和另外三名同學是兼職模特兒，在經紀人安排下來到會所，在進入廂房後，就被房中各人猥褻，並強行餵食藥物，G假意吃下，眼見同行友人陷入昏迷，G伺機逃出廂房，召喚救護車並報警。幸得G撥打１１９，而員警接到通報，亦很快趕赴現場，成功救出兩名昏迷的女孩，廂房內各涉案人士人亦悉數被拘捕……

G與二把手的關係讓小顧陷入長長的沉思，直至副大隊長的來電。副大隊長欲言又止，最後只說了，你回家睡覺吧，反正洪啟瑞很快就可以保釋出來。小顧聞言一凜。

3.

事情跟副大隊長想的有點不一樣，凌晨時分，記者傳來消息，說其中一個昏迷的女孩已證實死亡，另一個仍在昏迷中的，則裝上了葉克膜，送進加護病房。檢察官以案情重大，拒絕洪啟瑞的保釋申請。

窗外雷聲不斷，轟隆隆，大雨傾盆而下，這是一個壞天氣的晚上。

小顧待雨停了才走出派出所，天將破曉，空氣中有負離子的草腥味。手機震動，是安安的來電。安安說，謝謝你。小顧幾乎衝口而出，其實這全是大順爸爸的功勞……。小顧想了一下，他在山上別墅將洪安安帶回家，恍似昨日，一切竟都源自那個晚上。最後小顧跟安安說，你可以回家了，以後我不會再聯繫你，你要好好的。安安說，我會的，你也要保重。

小顧掛斷了電話，仍站在派出所外的台階上，此時陸續有早班的員警來到，跟小顧打著招呼，提醒他要戴好口罩就匆匆走進所裡，一如往日的尋常日子。小顧想，無論事情有多紛擾混亂，時間過去，總會回歸平靜。

就在小顧以為洪安安已安然重返家門的時候，安安發現夏木倒在廁所地板上，口吐鮮血。

安安召來救護車，救護員雖然已穿上防護衣，亦毫不掩飾對夏木病情的怯懼，幾乎已斷定夏木是染疫者。安安隨救護車來到戒備森嚴的醫院，被丟在急診室一角，只覺無比孤單，絲毫沒想過白大順與他只隔著兩層樓層。

陳慧《小暴力》#25《小飲小談安安》 遠 2024

二十六：洪安安與白大順

1. 當夏木被移送往病房時，洪安安始終緊握著夏木的手，而且無視護理師的斥喝與阻攔，堅持要陪在夏木床邊。最後驚動了醫院警衛，警衛又找來員警，員警半拖半拉，威嚇同時哄著，現在是疫情期間你這樣不可以弟弟你聽話否則我把你帶回局裡……。花了接近半小時才終於把安安攆出病房。安安的嘶叫在空無一人的通道上迴盪著，莫名有股淒厲感，益發增添了大家對染疫的恐懼與不安。通道上所有的門都關得緊緊的，員警有些沒好氣，努力將安安往電梯裡推，重複地說，我真的會把你帶回局裡去哦，弟弟別在這裡鬧了好不好……？

有醫護或病人家屬，聞聲把緊閉的門打開一道縫張望一下，又快速而慌張地把門關上。其中卻有一道門，打開了卻久久沒有關上，裡邊的人甚至走出來了，一直往這邊瞧，在電梯門關上之前，被員警扯住衣袖的安安與這黑衣黑褲的中年壯漢對上了眼。員警以為是自己終於讓這弟弟安靜下來，並沒想到安安是看見了什麼讓他怔住的東西。

安安回到「暮雲舍」的時候，寶叔仍在清理洗手間地上的血跡。「暮雲舍」的浴室和洗手間取日式設計，牆身和地板都是抿石子，這些年來保養得很好，寶叔的功勞。寶叔奇怪安安為何沒陪著夏木，安安說，他們現在都不讓家屬在病房陪住，疫情的緣故。寶叔詫異。寶叔都不看電視，平常也不覺有在使用智能手機。安安忡忡的，說，好像有些嚴重，醫院從裡到外就是如臨大敵的樣子。寶叔說，反正也不是第一次遇上這樣的情況，過去的經驗能讓大家知道該怎樣處理，不用擔心。安安沒回話，呆呆的，寶叔看出安安在想別的事情，放下工具站起，洗了手，從冰箱中取出冰淇淋舀了遞給安安。「暮雲舍」裡的冰箱總放著香草口味冰淇淋，外公離世之後仍保持這傳統。安安在餐桌坐下，吃了幾口，將矮腳水晶杯推給寶叔，寶叔以安安用過的小匙勺接續吃杯中的冰淇淋，邊吃邊說，我就跟你說夏木不是染疫，他吐血是之前被打的內傷，慢慢調理就會好，你不必擔心。安安說，我知道。寶叔停下，冰淇淋開始在融化，哦，所以那就是其他的事情。寶叔問，你遇見了誰嗎？跟爸爸的事情有關？你不用擔心，你在這裡，你不答應，誰也不可以進來。

寶叔就是這樣的存在，最終的職責就是對安安說，不用擔心。外公身邊總是圍著一堆人，叫得出名字的叫不出名字但看著就覺眼熟的，大部份有財有勢，其他是只懂吃喝玩樂但知情識趣，也有些什麼都不是但讀過很多很多的書。這些人的能耐外公都說給安安知道，但只讓安安記住寶叔。

半夜，兩點三刻，安安躡手躡足要出去，黑暗中有人為他打開大門，是寶叔。寶叔問，你要去哪裡？我陪你去。安安說，我要去看夏木。不是說不能陪在病房嗎？安安終於跟寶叔說了，白天在醫院遇上大順的司機。寶叔問，然後呢？安安答，昨天有人傳話給我，說白大順不在戒治所，給送到醫院去了，白大順現在就是跟夏木在同一所醫院裡，甚至是在同一樓層，那司機認得我，眼神並不友善，他應該有聽見我跟他們吵要陪著夏木，他一定會跟大順說……

二十分鐘後，安安躲在醫院的車道上，又過了十分鐘，寶叔來了，將夏木的手機遞給安安，安安將手機連到他帶來的電腦，寶叔蹲在旁邊，也沒催促。期間走過來一名巡警，向二人說，口罩戴好，大概以為是深夜陪家人來看診的，也沒有要二人怎樣。待夏木手機的內容都灌到安安的電腦裡之後，寶叔又將手機送回病房，放在熟睡的夏木身邊，動作俐落，神不知鬼不覺。

2.

凌晨四點，周郁芬從夢中驚醒，取起手機，有來自陌生號碼的視像通話要求，正猶疑著，放在床寢上的電腦蹦出通訊軟體，是夏木傳來的訊息，「安安來電，快接」。

周郁芬接通視像通話，看著神情委靡的洪安安，沒等安安開腔就問，你駭了夏木的手機？夏木發生了什麼事情？周郁芬的緊張令安安怯了一下，夏木並沒有發生什麼不好的事情，只是需要留在醫院裡，你放心，跟疫情無關的。周郁芬皺著眉，等著安安解釋清楚，安安反問周郁芬，你都不知道他早已被打成內傷？周郁芬呆住，反應不過來。安安說，他吐血了，在浴室昏倒，我把他送進醫院，沒有很嚴重，說是脾和肺積了瘀血，打了針藥，休養就好。安安看著視像裡的周郁芬，她的表情彷彿冷不防被人朝肚子狠狠打了一拳，良久抬不起頭。

好一會之後，周郁芬回過神來，說，原來我做的，與他們施於夏木身上的相比，實在微不足道。語氣裡有恨意，亦痛快著。安安好奇，所以你到香港去是幹了些什麼？周郁芬說，你還是不要知道比較好，謝謝你讓我知道夏木在醫院裡，他應該會得到很好的照顧，你也不用擔心。

周郁芬其實不慣視像通話，話說完了就想掛線，安安卻是欲言又止。

安安說，其實還有更重要的事情要跟你說明……。

天亮了，周郁芬仍沒找到小顧，焦急得在查看傳染病防治法的法條、裁罰和罰鍰，是打算必要時就離開防疫旅館。

最後周郁芬打給李立中。李立中的聲音語調，像大腦住進了一群快樂小小鳥。周郁芬訝異，李立中完全變了個人，只因為知道金理高被捕。他甚至沒跟她計較離家出走的事情，爽快答應去保護他的兒子夏木。李立中說，沒問題，放心交給我好了，不過，一定要等我開完臨時召開的系會議，我要動議免除金理高的代理系主任職務。

3.

李立中答應周郁芬的事情，最後還是沒能做到。李立中不錯是到醫院去了，不過，為的是金理高。

當周郁芬半睡半醒中又被驚醒，發現來電的是金理高，其實是有點生氣的，她按捺住，卻聽見金理高以做作哭鬧的嗓音腔調控訴著李立中，一逕地說，為什麼李立中要迫死我？怪異得讓周郁芬想也不想就將電話掛掉。周郁芬丟開手機，轉身把被子拉高蒙了頭，朦朧睡熟。

安全至上的金理高除了打給周郁芬，還打了給小正和小莉。說的內容跟打給周郁芬的差不多，都是「為什麼李立中要迫死我？」。同樣都是哭著說，或，裝著哭音在說。這樣的事情發生在瀟洒正派做事得體零瑕疵的金理高身上，真是詭異得可以，按常理，接到來電的人，大概都會跟電話裡提到的那個人說一下，但李立中本來就不正常，而經過昨天晚上新聞媒體揭露出來的金理高，也實在是有違常理，於是，這通來電只成為一連串怪異事件的其中一部分。本來金理高可以多打給幾個人，怪只怪關注李立中的人本來就不多。

於是，當金理高在李立中的辦公室裡，把皮帶套好在窗框上，以為門外的腳步聲是李立中，就將頸項掛到套好的皮帶裡。然而，李立中辦公室的門並沒有被打開，金理高意外卻又理所當然的把自己吊死了。一如他在致電別人時所宣告的。

李立中在車上接到小莉的來電，小莉氣急敗壞，李立中邊聽邊盤算將來正式接任系主任就要解聘小莉，改聘另一個成熟穩重的助教。李立中不耐煩地打斷小莉，說自己就是在往醫院的路上，電話另一邊的小莉給嚇壞了，無法理解李立中何以有預知金理高出事的能力，李立中漸漸理清小莉所說的，只覺得空調開得太大了，不知何時自己的背脊都是汗水，如今竟成了磣骨的寒。

李立中坐在醫院的接待處，怔怔的說不出一句話。他成為系上接到金理高出事訊息後，最早到達醫院的人，這也是「李立中迫死金理高」從傳聞成為事實的關鍵。

至於本來要接受李立中保護的夏木，此刻由於藥物的緣故，人仍在酣睡中，絲毫不知道白大順不知何時來到他床畔，盯著他看。

陳慧《小暴力》#26《談字安的白天順》這——
2024

二十七：白大順與夏木

1.

病房裡四張病床，就只夏木一個病人，空氣裡有一股稀釋了的不知名藥水氣味，室內暗暗的，像嚴冬下午三、四點的光景。夏木張開眼，看著放在床頭櫃上的手機，好想拿過來看一下時間，但一點氣力也沒有，口腔裡血腥殘留的鐵鏽氣味終於消散，不知道是不是藥物的緣故，懨懨的只想再睡，卻在此時發現床畔站著一個高大男生。夏木想，不是說不准探望嗎？別讓安安知道，他要是知道其他人可以進來，他卻不可以，他一定會鬧得不可開交。為什麼會這麼肯定高大男生不是醫護？哦，他穿一身的黑，但是他手上為什麼拿著病歷板在看？那是我的病歷板不是嗎……？

夏木嗓音嘶啞，問，你是誰？

高大男生沒問答夏木，拉下臉上口罩，夏木驀地想起安安曾向他形容的，倒覺得沒那麼像阮經天，白大順有股書卷氣。

白大順問，昨天是洪安安送你進來的？

沒想到說起話來又真的蠻像。夏木笑了一下。白大順明顯不悅，走上前將夏木的臉扳過來，盯著他看。

大順不放手，夏木無法言語，只好在眼裡流露淡淡的笑意。白大順看著看著不知道想起了什麼，竟訕訕的有點不好意思，就鬆開手，拉了把椅子坐在床側。

大順說，有沒有人告訴你，你跟安安長得有點像？頓了一下又補充說，他的眼比較小。夏木搖頭，說，總共才兩個人看過我跟安安在一起，他們都沒有這樣說。大順好奇問，哪兩個？夏木答，一個我媽，另一個是寶叔。大順有些失落，哦，安安已經帶你去過暮雲舍……，你們認識多久？夏木回答，剛好七天。大順好奇起來了，你是如何認識安安的？

我媽帶著他來看我。

白大順更訝異了。

夏木說，事情就發生在你拒絕見他的那個深夜。夏木將周郁芬帶著安安到花蓮去的整個過程說出來，白大順很有耐性，沒有插話，夏木說完，大順問了一句，你是港仔？夏木點頭。大順像在自語，我就是知道他會喜歡港仔。夏木似在解釋，他沒有喜歡我。大順說，喜歡又怎樣？大順說話不帶語氣，夏木猜不透大順的意思，是表示他不在乎嗎？安安提過你會去香港，每餐吃了什麼都會跟他報告。大順笑了，只是那笑聲乾乾的，你全都知道喔？夏木說，都是安安想說的，大概是很久沒人跟他說話，他都停不下來，我只是聽。大順說，沒有，就算有人一直陪著他他也是說不停的，好像快要死了，要不就是打算不辭而別，在那邊趕著把一切都說出來，聽久了，明明應該覺得煩吧，可是不知如何卻讓人頂難過。

夏木說，他是真心相信自己會死掉的，死在他爸爸手上。

二人沉默良久。

夏木問，為什麼你不要見他？他一直惦記你。白大順說，我不喜歡帶他來的人，我不要讓他覺得自己想要怎樣都可以。夏木說，他是小顧，其實你們有點像，他也是不爽安安的爸爸想要做什麼都可以，所以才答應安安帶他去見你。

夏木看著大順，忽然想起家中老貓。老貓愛看電視，只是每逢看見足球給踢到畫面外，就會飛撲到電視機後，然後一臉的懵。此刻的大順，就是這樣的表情。

2.

小顧睡醒，伸了大大的懶腰，醒悟身處在自家床上，一種久違的幸福感油然而生。床頭几上被靜音的手機不間斷地傳出收到訊息與來電的提示震動。

小顧轉過身去，仍是躺著，賴床的姿態，完全沒打算理會那不停震動的手機。小顧重又闔上眼，似要睡熟過去了，忽然張目，被什麼驚醒的樣子。

小顧竟然想起學長的妹妹。他將她和學長從社交和通訊軟體封鎖之後，就沒想起過她，一次也沒有。此刻洪啟瑞終於給關了起來，洪啟瑞送來的五星級酒店住宿券和餐券，也早已被撕碎丟進垃圾桶裡，而她卻忽然在他的腦海中冒了出來，就像從前那些約會之後的翌日清晨。她仍是和他約會時的模樣，臉上一貫的淡定表情，淺淺的笑意，側著頭聽他分析案情，偶然提問，顯得專注且具洞察力，說是女友，其實更像是現實裡並不存在的具效率的同事。這是小顧最渴望和最心動的部分。小顧很生氣，與其說是冒犯，其實更似是遭遇突襲。

小顧打開手機，解除了對這位前女友的封鎖，然後就看到她在社交網站上的最新貼文，十小時前上傳，上面只有幾個數目字：「221, 222, 224, 226」。

小顧毫不猶疑接通了電話，那邊很快接聽，小顧劈頭就問，你什麼意思？

彷彿二人在小顧睡前才通過電話，如今正要接續前一夜的話題，對方知道來電的是小顧之後，也絲毫沒有生疏感，閒閒一句，你覺得呢？

小顧說，是刑法第十六章，「妨害性自主罪」，刑法第二百二十一條、第二百二十二條、第二百二十四條和第二百二十六條，對不對？她以爽快聲線回應，全中。小顧仍是不明白她出此貼文的用意。她說，刑法第二百二十六條，最高可判處無期徒刑或十年以上有期徒刑。她的貼文明顯就是針對洪啟瑞等人昨晚被捕的案件，小顧依然不解，你什麼時候看這些人不順眼了？

前女友接下來說的，讓小顧徹底怔住。

她說，要不是洪啟瑞，你會跟我分手嗎？

良久，小顧輕輕說了一句，可是你什麼都沒說。她說，有用嗎？說了你會聽嗎？小顧有些咄咄迫人，所以你就躲起來，等他出事？她有些生氣，其實大家都在等這一天，開心拍掌的豈止我一人？小顧說，但大家什麼都不說，也什麼都不做。她不服氣，所以呢？要跟你一樣嗎？招上司討厭？你以為洪啟瑞真的會關終生？別痴人說夢，你忘了他是行走金庫嗎？你跟監他這麼久難道還不知道？多少人在等著他轉動鑰匙，他關十天都有人嫌多！你呢？你覺得你還混得下去嗎？你還能在局裡待得住？最後怎樣？除了辭職，你還有其他下場嗎？小顧的語氣沒藏住輕蔑，於是什麼都不做，就靠一個小刑警和坐牢的角頭動手？她什麼也沒說，深呼吸了一下，小顧反應過來，你在抽煙？她沒回答，又吸了一口，小顧什麼都沒說把電話掛斷。

對方很快回撥，小顧乾脆關機。

小顧起床梳洗，去了郵局，快遞寄出辭職書的紙本給所長，電子版昨晚就已經電郵發出了。辭職申請限三十日內准駁，所長核章送人事室，然後就是跑流程，送警察局人事科，如果逾期未覆，就視為同意辭職。

3.

夏木幾乎又睡著，大順推了他一下，問，他們不讓安安來陪？夏木「嗯」了一下，解釋道，說是疫情的緣故。大順一臉煩躁。夏木說，要不是這樣的措施，他昨天也不會大鬧，你也就不會知道我在這裡。

大順開始在病房裡踱步，夏木隱隱覺著不妥，提議道，我打給他？說罷示意大順將床頭櫃上的手機拿給他，大順卻大聲喊出來，不要！

夏木知道出事了，試探地問，你不怕他們找你嗎？你是不是應該回去病房待著？

大順瞪著夏木，夏木只覺得似曾相識，從前他不會懂，過去半年在街上的遭遇，讓他學會了閱讀人的臉孔，大順不是兇，他是害怕。

大順的聲線，忽然像變了個人，真的是病了很久的樣子，他說，我不能回去那裡了。彷彿被流放的人再也回不去故地似的，說完就離開了病房，門也沒帶上，夏木清楚看見他朝電梯的方向走，首先想到的是告訴安安，卻發現手機原來已電量歸零，於是就按了喚人鈴。

護理師很快就來到病房外，可是卻像被什麼嚇著了，「呀」的一下，停在門外，接著又來了另一個，同樣的「呀」，聲音大一點點，也是停下了腳步，再來了第三個，聲音最大，「啊」，那是驚呼了，只是都沒有人進來看一下按了召喚鈴的病人，最後護理師們是呼叫著朝通道盡頭的病房奔去。

她們看見緊閉的門縫下不斷滲流出來紅稠的血。

陳慧《小暴力》#27《白大順的夏天》 志 2024

二十八：夏木與周郁芬

1.

最早發現大順的是寶叔，他正從二樓走下來，微微一愕，大順以為他要動手了，他卻像沒看見大順似的，直直走到玄關前，打開牆上小箱，輸入密碼，原來大順觸動了防盜系統而不自知，一分鐘後，系統就會知會派出所。

大順問，所以警察什麼時候上門？寶叔搖頭，說，沒有警察要來，警報器我關了。大順說，你不怕我傷害安安嗎？寶叔沒回話，瞅著大順，手伸向玄關的雨傘筒，拿出一柄實木彎柄長傘，神色從容，就似剛好想要在這下雨天出門，大順卻非常警惕。寶叔說，安安跟我說，你學過散打。寶叔舉起雨傘，傘尖正對著大順，說，所以你來是要幹嘛？你快快回去，你爸罩你，大家會當什麼也沒有發生。大順低聲下氣，我想見安安。寶叔問，你把夏木怎樣了？大順一臉無辜，我沒把他怎樣，只是跟他聊了一個上午，我是可以跟他交朋友的，我、安安和夏木，一塊去玩，我想應該很不錯。寶叔把雨傘重新插回傘筒中，其時安安已悄悄從二樓下來，赤足走到大順身後，攔腰將他緊緊抱住。

寶叔不知道什麼時候退開了，安安仍抱住大順一動不動，良久，安安說，但願世上只剩下你我二人。大順說，你要其他人都死光光嗎？安安搖頭，我不管其他人，我只要一個隔絕的空間。大順把安安從身後拉到跟前，端詳著他，說，沒有這樣的地方。安安說，只要疫情繼續下去，每個角落都可以成為被隔絕的地方。安安伸出手摸了大順的小平頭，淚水滾落，說，你知道嗎？我爸被關了，我不用去美國了，等你出來之後，我可以和你一起去香港。大順說，他們不會把他關很久，你爸很聰明，專揀條件不夠的人把他們往上拱，這些人一定想盡辦法把你爸弄出來，讓你爸仍當他們的靠山。安安說，到時候我已是成年人，可以保護自己。大順笑了，你仍是那個樂觀的小孩。安安說，你的意思是我天真嗎？大順忽然把頭埋進安安頸際，安安以為他要哭了，他卻是在說話，聲音纏成一團塞進安安的毛髮皮肉裡，安安聽得清楚，我殺了病房裡看守我的警察。

大順捏緊安安雙臂，安安沒反抗，轉過身來跟大順面對面，你是要我跟你走嗎？安安臉上的神情，大順不是沒看過，意思就是，你想要我的命我都可以給你。不知何時，寶叔又悄悄停在二人身後。大順說，我沒想過要你跟我走。安安說，你總是挑錯答案。大順笑了，所以我的成績都不好。安安說，你騙過了他們，可是我知道，你是故意的，你本來就是最聰明的人。大順說，可是我又挑錯了對不對？安安說，所以這次換我替你挑好不好？大順搖頭，怎樣挑都是錯的了，我這就離去，但我想要個紀念品。

大順想要書房架子上的「神器」，那是日本友人送給安安外公的禮物，高高供奉著，安安曾偷偷拿給大順看過。安安不安，問大順，你要用來幹嘛？大順不答。寶叔一聲不響將放著神器的木匣交到大順手中，大順接過，轉身走出暮雲舍，剛好有一部沒載客的計程車停在巷口，大順沒猶疑就上了車，安安追出，來不及向大順揮手道別。

坐在計程車後座的大順打開木匣，裡面放著一柄平安時期打造，山城傳流派鍛造工坊生產的小太刀，長約三十公分，大順解開刀鞘，刀是中切先，已開鋒，刃紋泛著淡淡的啞紅色光芒。

2.

小顧抵達老家時已入夜，門外似睡未睡的老狗很快察覺有人走近，抬起頭來看牢小顧，打量了好一回，確定是熟人，又垂下頭呼呼睡去。小顧靠在窗旁，看室內只亮著一盞燈，燈下飯桌上一尾虱目魚、四兩地瓜葉、半碗白飯，一壺清茶，媽媽獨自一人吃得津津有味，電視正在播報新聞，全國各縣市染疫與病歿人數，流水帳，媽媽沒瞄一眼，專心在剔魚刺。

小顧推門進屋，媽媽停了動作，瞇眼認出了來人是小顧，就放下筷子，問，吃過沒有？小顧搖頭，媽媽說，你先去洗澡，衣服除下來放洗衣機，然後就走進廚房。小顧淋浴後邊用毛巾刷乾頭髮邊來到餐桌旁，媽媽陸續端出滷牛腱、滷豆干、一碗白飯和一隻剛煎好淋上醬油的荷包蛋。小顧拉了把椅子坐在媽媽身旁，取起碗筷扒飯，就好像他一直以來都是每晚七點前就回到家裡來吃飯的乖兒子。媽媽沒說話，專心剔魚刺，揀好了魚肉就放進小顧的碗中。

媽媽看著專心在吃的小顧，偶爾抬手抹去小顧嘴邊的肉末飯粒，小顧也不抗拒，母子皆無語。小顧大概有半飽了，進食的速度放緩下來，這才開始跟媽媽說話。小顧說，我辭工了，現在在放假。媽媽先是「哦」了一下，想了一會才說，放假好哇。

然後就起來往廚房走去，邊走邊說，我去切水果。

母子吃著木瓜，小顧說，所裡的上司看我不順眼。媽媽仍只是「哦」。發現小顧像等著她發表些什麼，就說，上司跟下屬，不就是這樣嗎？很尋常吧？小顧說，媽，你好淡定。媽媽收拾桌面，說，不然呢？頓了一下又問，你要不要去跟你舅舅種稻米？

小顧想起周郁芬，她帶著洪安安匆匆趕往花蓮見夏木，後來才知悉原來夏木是她十多年來沒見過面的兒子，當時小顧的感覺就是，周郁芬好淡定。

深夜，媽媽睡熟，小顧掏出手機，仍是關機的狀態，思考了一陣，就將它丟在一旁，取過媽媽的平板看新聞。小顧漫無目的地一則一則點進去，在連結之間跳來跳去，最後跳進了一則港聞，是日前的一宗爆炸案，附上了一小截影片，擷取自街道的即時影像監視器。

影片中是放置爆炸品的女子背影，小顧怔住。

當警察這些年，小顧看過也發佈過不少監控畫面，這些模糊不清的畫面能讓警方抓人，關鍵是要讓認識嫌犯的人看到。對一般人來說，這些監視器畫面，僅能讓人分辨出男或女，對年紀、體型都只是大概而已，就算之後嫌疑犯在眼前走過，也不見得能認出來。所以，發佈嫌疑犯的圖像，是要人認出來，而不是找出來。

小顧認出來，那是周郁芬的背影。

3.

周郁芬做了長長的夢，她一直相信，夢境是意識層在把日常事件分類存檔到心靈地下室去。趕稿的日子她都沒有夢。她想，嗯，最近實在太閒了，事情也真的是多……。她甚至意識到，噢，這是清明夢耶，咦，我夢裡都是在說國語的嗎？是從什麼時候開始的……？

夢裡有人把呼吸器套在她的口鼻上。

周郁芬想，我的潛意識在處理我對疫情的恐懼。然後，有人來到她的床畔，最早來到的是小顧，然後是夏木和安安，穿著包覆全身的防護衣，戴著口罩眼罩，有點科幻電影的味道，俯身看望躺著的她，眼神憂戚，彷彿她是彌留的人。夏木和安安說了很多話，只是她都無法聽得清楚。然後李立中也出現了，他說的話，周郁芬聽得很清楚，他說，我終於當了系主任，但他們說我是殺人兇手，因為金理高在我的辦公室裡自殺。周郁芬說，真荒謬，金理高的死和你的升職都是。但她戴著呼吸器，李立中什麼都沒聽見，他仍在床邊喋喋不休著。周郁芬說，你不要再說了，我要睡了。

接著周郁芬就睡熟過去。可以在夢裡睡著嗎？過去好像都不曾有過這樣的經驗，真奇怪。

然後周郁芬就夢見了洪啟瑞，仍是醫院的場景，她仍是躺在床上，戴著呼吸器。病重、動彈不得的感覺，周郁芬將之理解為洪啟瑞帶給人扭曲的威脅感。洪啟瑞仍是筆挺西裝，他在床畔的椅子上坐下，坐下來時解開了西裝外套的鈕扣，就讓周郁芬看見他白襯衣上胸前的一大片污跡。洪啟瑞開腔，說，安安以後就交託給你了……。周郁芬在夢中都感到錯愕。這時候她留意到洪啟瑞身後站著一位年輕人，不知如何她就是知道他是白大順。白大順手裡執著一柄短刀，刃鋒有血光，周郁芬這才看清楚，洪啟瑞襯衣上的污跡，其實是個血洞……

有人在叫周郁芬。周郁芬醒過來，叫她的是夏木。夏木說，你做噩夢了對吧？周郁芬看見夏木握著她的手，她仍躺在床上，周遭是醫院病房的環境。

不對，周郁芬想，我仍在夢裡，我還沒有醒過來。

陳雪《小暴力》#28
2024

二十九：周郁芬與洪安安

1. 又過了許久。

周郁芬張開眼，床畔仍是夏木，這夢好長啊。夏木在說話，她聽不清楚，於是又闔上眼。戴著呼吸器的夢似是不祥之兆。忽然，周郁芬發現自己在街上，獨自在蹓躂，是真的獨自一人，街上一個人也沒有。她認出來這是她愛去的街區，有書店和咖啡店，還有藏在舊建築物裡的電影院，不遠處有公園，公園裡保留著一百年前的鳥居。她沒跟李立中來過，一次也沒有。她沒有約過誰在這裡，她總是一個人在這附近閒逛。只是她為什麼會在這裡？她身上是買回來就一直放在衣櫥裡的洋裝，兩手空空，沒帶雨傘，但天陰密雲，剛下過雨的樣子。她走進寂靜的公園裡，一個人也沒有，樹木飽蘊水氣，樹葉上水滴晶瑩，鬱綠如寶石。周郁芬自語，好美。周郁芬隱約知道，她來到某個非物理性的幽邈所在，她好像應該害怕，但她沒有，又說了一遍，好美。

然後，不知道是誰在問，你說什麼？

周郁芬四顧無人，這不是很怪嗎？公園外的馬路上，交通路誌正好轉成紅燈，她看見機車在燈號前停下，機車後座都扛著大箱子，箱子要不是粉紅色就是綠色。周郁芬知道，這些機車上的全都是外送員。

周郁芬目睹過這景象，在疫情開始讓大家感到害怕的日子。但眼前這是什麼？是她的回憶嗎？還是另一個夢境？她在夢裡做夢？

那聲音又響起來了，你說什麼？這一次她認出來了，叫她的是夏木，她回頭，並沒看見夏木在公園裡。夏木說，你醒醒。有人在輕輕的搖她的身軀，這一次她聽清楚了，你睡太多，藥物的反應太強烈了，你醒一下。周郁芬張開眼，看見夏木握著她的手，還有，他的臉，她好久不曾被人如此關切地注視著。只是，她仍躺在床上，周遭是醫院病房的環境。

夏木說，我叫醫生過來。夏木跑開了，把她丟在陌生的病房裡。周郁芬醒悟過來，這不是夢境，這是真實。驚懼頃刻從身體最深處洶湧而出，虛弱的感受如此陌生，這是從未有過的經驗，我給人下藥了嗎？我中毒？所以一直在連綿的夢裡？周郁芬怎麼想都記不起來，從旅館床上到醫院病榻之間發生了些什麼。

醫生來了，做各種的檢查，基本的，脈搏、血壓、聽心跳。聽診器在周郁芬的後背巡逡停留了很長的時間，醫生一遍又一遍的要周郁芬呼氣吸氣。為什麼每一次的呼吸，都要出盡九牛二虎之力？醫生一直在說話，但是周郁芬沒聽懂，就好像她剛來台灣當學生的頭一、兩年，只要對方語速稍快，她就會聽不清楚。周郁芬一直不敢讓人知道，怕人家說她連國語都聽不明白就在這裡生活。只是，醫生在說什麼？她真的沒聽懂。護理師來了，將周郁芬連人帶床移往X光室，周郁芬這才知道自己是在胸肺科。

周郁芬對醫護的所有指示毫無異議，由得別人將她翻來覆去，藥丸和食物遞過來就張口，前所未有的聽話與好脾氣。她心中有數，這叫聽天由命。這大概就是病重的意思。周郁芬示意夏木將窗簾拉開，於是她可以看見，夜幕低垂，然後天又亮了，如此又過去了一天。就這樣過了好幾個日與夜，周郁芬終於一點一點聽明白了醫生說的話，這才知道原來自己感染了新冠肺炎。

2. 全球疫症患者人數突破二百萬的那一天，醫生對周郁芬說，通知你的家人吧，你可以出院了。周郁芬打給夏木，夏木沒接電話，於是她打給洪安安，就是沒打給李立中。還在等洪安安接電話的時候，夏木已經回電。周郁芬叫夏木來接她出院，就像一般人會對家人說的話。夏木在電話那一頭對身邊的人說，她叫我們接她出院。

周郁芬說，我不想回家。

夏木和洪安安將她接去暮雲舍，周郁芬已經可以下床，偶爾在花園裡走動，只是仍不想出門。有一天，夏木提議沿著中山南路上的老樹蔭下散步，但周郁芬只走了十分鐘就要折回，在床上躺了半天。周郁芬惡補各種新冠肺炎資訊，深知自己其實已一早抵達那道叫黃泉的渡口前，只是人馬沓雜，太擁擠了，她最終沒被拉過去。如今她心存感激，接受餘生將頻繁出現呼吸困難的徵狀，還有頭痛、頭暈、失語、腦霧。

又過了一個月，周郁芬終於釐清何者是夢中囈語，哪一些是夏木和安安在病榻旁跟她交代的事情。

最早發現她發燒昏迷在旅館中的是小顧。他認出周郁芬的背影後就一直找她，手機和旅館的電話都沒能聯絡得上，漏夜趕返台北，直接上了旅館，旅館才察覺房間裡的人一直沒動過門外的食物。生死關頭，小顧好像忘了連夜從老家趕到台北的原因。

周郁芬住院第二天，白大順帶著武士刀埋伏在地檢署門外，襲擊了被押送至此的洪啟瑞。洪啟瑞還沒攪清楚來人是誰，就被砍得倒在地上，白大順完全沒有想逃的意思，中彈後仍沒停止砍劈洪啟瑞，直至彼此都倒地不起。周郁芬沒告訴洪安安和夏木，她在夢中看見洪啟瑞胸口的血洞，還有他身後的白大順。

夏木讓周郁芬看當時的新聞報導，洪啟瑞喪禮上的洪安安一臉漠然，冷眼睥睨著鏡頭與旁觀的人。

小顧有來過暮雲舍探望周郁芬，他聳聳肩，說，去年鬧得沸沸揚揚的「逃犯條例」，最後也沒通過不是嗎？所以你也不用擔心，反正我也沒當刑警了。

小顧說他在跟舅舅學種稻米，形容這是能讓人靈魂高尚的工作。最後卻一臉苦惱補充，可是我肉體疲乏。洪安安問他，你要不要從政？小顧愣住，洪安安說，蔡志強被關了，不是要補選嗎？我爸以前捧蔡志強，我推他的對手，很合理呀。

計劃還沒開始安安就染了疫，平安度過隔離期，就輪到小顧和夏木。其時周郁芬已從逐漸康復的病人過渡成照顧者。大家接受了疫情日常。

不知道是由於病毒的毒性在不斷傳遞的過程中逐漸減弱，還是因為夏木年輕的緣故，夏木的康復期比周郁芬短很多，兩週後夏木已可跟著周郁芬去散步。據說有人已是第二次染疫，最後也平安無事，周郁芬想，人類的適應能力真是他媽的太強。

二人信步走到其中安放著鳥居的公園，在樹蔭坐下。周郁芬想說，我夢中來過這裡……卻想起有更重要的話要跟夏木說。她問夏木，知道易經嗎？知道，但沒看過。其中有這樣的一句，我想你記住，「君子藏器於身，待時而動」。不懂。那就先記住，日後看更多，融會貫通，自然會明白。夏木沉思良久，我想再去上學。周郁芬說，好。

周郁芬從口袋裡掏出一條橡皮筋交給夏木，夏木接過，不明所以。周郁芬說，那時候我還沒知道你的真實身分，只想在你生日的時候做些事情，事情辦好之後，我去見了她，她跟夏木同一天生日，我買了蜂室花送給她，告訴她你一切平安，離開的時候，我沒多想，拉下了她束頭髮的橡皮筋……。夏木把臉埋在掌心裡。周郁芬靜靜待在夏木身旁，日影在二人身上悄悄挪移。

3.

距小顧上山抓大順和安安，剛好一年，疫苗終於面世。因應年紀，寶叔是暮雲舍裡第一個去打疫苗的，還來不及打第二劑，寶叔就染疫了。寶叔一直裝著沒事，只是咳嗽從來無法隱藏；就像惱人的貧窮與愛情。

寶叔的彌留時刻很痛苦，安安也是。寶叔像是有很多話想要說，卻說不出來，一逕在喘氣，安安則重複著說，你放心，不用牽掛我，我會好好的。

有人傳話給安安，說白龍要見他。安安先是大吃一驚，大家都說，你可以不用理會他。最後安安卻決定要去見白龍。安安說，只因為他是大順的爸爸。但安安要周郁芬陪他一起去，輾轉囑託，白龍也答應了讓周郁芬陪著洪安安來見他。二人正要出發往桃園，卻傳來消息說白龍入院了，病情並沒有很嚴重，只是入院後卻出現了感染和併發症，才三天的光景，就大去了。

死亡從不缺席；如此公正，直面與結束的最平實有效方法。

安安說，所以我說大順其實是最聰明的，他都懂。

幫裡的人找上小顧，小顧帶上安安出席了白龍的喪禮。喪禮上大家才知悉白龍的安排，他將當初大順經營的夜店，也就是安安初識大順的地方，轉到了安安名下。

疫情警戒提升至第三級後，周郁芬在線上完成了與李立中的離婚手續。

到了九月，大學仍是線上授課。夏木在電腦前，猜想關掉鏡頭的同學們的模樣，他同時在學開車，說回復實體上課就可以開車去上學。

小顧沒去當候選人，不過他一直留在蔡志強對手的陣營裡。後來就有人跟他說，你明年要不要試試看，出來當候選人？

安安一直在等疫情告一段落，老是在說通關之後就要到美國去。鎮日就是一種在等待開始的狀態中，什麼都試一下，一直在做資料搜集的狀態。到了終於恢復通關，整個地球的人都忙於跳上飛機，安安卻哪裡都沒去，然後他開始整頓大順的店。大概會把它變成書店和咖啡廳，也打算寄賣新進藝術家的作品，在特別的日子，或許可以在地庫裡放映電影和提供樂隊現場表演，反正就是這兩年來接觸過的一些事物，就是安安覺得大順會喜歡的東西。

有一天，夏木問安安和周郁芬，我有朋友從香港來，兩夫婦加上一個嬰兒，住在暮雲舍，可以嗎？安安和周郁芬都無異議。到了週末，夏木的朋友來到，原來是當天周郁芬送她蜂室花的女孩。周郁芬看著她和丈夫，還有剛滿週歲的女兒，一家三口，年輕、元氣充沛，彷彿未來都被塞進行李箱裡，帶著去五湖四海。

剛好小顧也到台北來了，六大一小共席，約在外面的老飯店。小顧遲到，坐下時跟大家說，我遠遠走過來，幾乎看走眼，以為你們是尋常一家子。安安聽了就開始叫小顧「叔叔」。周郁芬看著夏木與女孩的互動，只覺得真像是兄妹。服務生居然也以為女孩是周郁芬的女兒。

女孩問周郁芬，你接下來的小說會寫什麼？周郁芬說，我想寫一個在學校放小息時發生的故事。小息？安安和小顧都沒聽懂，周郁芬解釋，就是上了三節課，可以休息、嬉戲或到小賣部的時間。安安和小顧異口同聲，我們都只會說「下課」。安安覺得「小息」這想法蠻有趣，就問周郁芬故事在說什麼。周郁芬說，小息的時候，發生了些事情，有人離開了課室，可是一直沒有再回來。

安安說，所以是出走囉。周郁芬笑了一下，沒說話。

—全文完—

陳慧《小暑力》#29
《周郁蓉的訣安安》這
2024

小暴力

作　　者── 陳慧

副 社 長── 陳瀅如
總 編 輯── 戴偉傑
主　　編── 何冠龍
行銷企畫── 陳雅雯、趙鴻祐
封面、內頁插畫繪圖── 黃仁逵
封面設計── 張巖
校　　對── 魏秋綢
內頁排版── 立全電腦印前排版有限公司
印　　製── 呈靖彩藝有限公司

出　　版── 木馬文化事業股份有限公司
發　　行── 遠足文化事業股份有限公司(讀書共和國出版集團)
地　　址── 231新北市新店區民權路108-4號8樓
郵撥帳號── 19588272木馬文化事業股份有限公司
客服專線── 0800-221-029
客服信箱── service@bookrep.com.tw
法律顧問── 華洋法律事務所蘇文生律師

初版一刷── 2024年10月
初版二刷── 2024年11月
定　　價── 400元
I S B N── 9786263147218 (紙本)
I S B N── 9786263147195 (PDF)
I S B N── 9786263147201 (EPUB)

國家圖書館出版品預行編目(CIP)資料

小暴力 / 陳慧著. -- 初版. -- 新北市 : 木馬文化事業股份有限公司出版 : 遠足文化事業股份有限公司發行, 2024.10
304面 ;14.8*21公分
ISBN 978-626-314-721-8(平裝)

857.7 113011661